没有一棵小草自惭形秽

毕淑敏散文集

毕淑敏

著

北 京 出 版 集 团
北京十月文艺出版社

目录

被人邀请去看一棵树，一棵古老的树。大约有五千年的历史，已被唐朝的地震弯折了腰，半匍匐着，依然不倒，享受着人们庄严的注视。

我混在人群中直着脖子虔诚地仰望着古树顶端稀疏的绿叶，一边想，人和树相比是多么的渺小啊。人生出来，肯定比一粒树种要大很多倍，但人没法长得如树般伟岸。在树小的时候，人是很容易就把树枝包括树干折断，甚至把树连根拔起，树就结束了生命。就算是小树长成了大树，归宿也是被人伐了去，修成各种各样实用的物件。长得好的树，花纹美丽木质出众，也像美女一样，红颜薄命，被人劫掠的可能性更大，于是很多珍贵的树种濒临灭绝。在这一点上，树是不如人的。美女可以人造，树却是不可以人造的。

树比人活得长久，只要假以天年，人是绝对活不过一棵树的。树并不以此傲人，爷爷种下的树，照样以累累果实报答那人的孙子或是其他人的后代。

通常情况下，树是绝对不伤人的。即便如前几天报上所载一些村民在树下避雨，遭了雷击致死，那元凶也不是树，而是闪电，树也是受害者。人却是绝对伤树的，地球上森林数量的锐减就是明证，人成了树的天敌。

树比人坚忍。在人不能居住的地方，树却裸身生长着，不需要炉火或是空调的保护。树会帮助人，在饥馑的时候，人扒过树的皮以充饥，我们却从未听到过树会扒下人的什么零件的传闻。

很多书籍记载过这棵古树，若是在树群里评选名人的话，这棵古树是一定名列前茅了。很多诗人词人咏颂过这棵古树，如果树把那些词句都当作叶子一般披挂起来，一定不堪重负。唐朝的地震不曾把它压倒，这些赞美会让它扑在地上。

树的寿命是如此的长久，居然看到过妲己那个朝代的事情。在我们死后很多年，这棵古树还会枝叶繁茂地生长着。一想到这一点，无边的嫉妒就转成深深的自卑。作为一个人活不了那么久远，伤感让我低下头来，于是我就看到了一棵小草，一棵长在古树之旁的小草。只有细长的两三片叶子，纤细得如同婴儿的睫毛。树叶缝隙的阳光打在草叶的几丝脉络上，再落到地上，阳光变得如绿纱一样飘拂了。

这样一株柔弱的小草，在这样一棵神圣的树底下，一定该俯首称臣毕恭毕敬了吧？我竭力想从小草身上找出低眉顺眼的谦卑，最后以失望告终。这棵不知名的小草，毫无疑问是非常渺小的。就寿命计算，假设一岁一枯荣，老树很可能见过小草五千辈以前的祖先。就体量计算，老树抵得过千百万小草集合而成的大军。就价值来说，人们千里万里路地赶了来，只为瞻仰老树，我敢肯定没有一个人是为了探望小草。

既然我作为一个人，都在古树面前自惭形秽了，小草你怎能不顶礼膜拜？我这样想着，就蹲下来看着小草。在这样一棵历史久远声名卓著的古树身边为邻，你岂不要羞愧死了？

小草昂然立着，我向它吐了一口气，它就被吹得蜷曲了身子，但我气息一尽，它就像弹簧般伸展了叶脉，快乐地抖动着。我再吹一口气，它还是在弯曲之后怡然挺立。我悲哀地发现，不停地吹下去，有我气绝倒地的一刻，小草却安然。

草是卑微的，但卑微并非指向羞惭。在庄严的大树身旁，一棵微不足道的小草都可以毫不自惭形秽地生活着，何况我们万物灵长的人类！

爱是人们常常谈论的话题，因为在空气、水分、食物和安全之后，就是我们的爱了。比如安全这问题，表面上看来是对环境的要求，其实是一种爱的深化，我们只有在爱中，才感觉自己是有价值的，是值得爱护保护珍惜和发展的。一个丧失了安全感的人，是无法从容爱自己和爱世界的。比如人际关系，更是爱的浓缩和放大。难以设想，一个不爱他人的人，会有广泛的朋友和良好的社会关系。当然，他的身旁可能会聚集着一些人，但那不是心灵的需要，只是利益的驱使。谈到自我实现，更是爱的高级阶段。因为你的爱，超越了一己的范畴，才扩展到更广阔的人和事物。在这种升腾与弥散的过程中，爱变成一种柔和的光芒，从一个核心的晶体稳定地散发着，把温暖和明亮，播扬到远方。

但是，当人们议论起爱的时候，却有着许多混淆和迷乱的地方。爱成了一个花脸，大家都随心所欲地涂抹着它的面孔，把自制的油彩敷在它的嘴角和眉梢。爱于是变得面目诡谲和莫测起来。有几个流传很广的说法，我想提出讨论。

其一，爱和年龄有关。

这是人们通常不付诸书面，但却彼此心照不宣的概念。具体意思是——只有年轻人才享有充沛富饶的爱意，它的浓度随着年龄的增长而逐步递减，从高耸的爱的山峰萎缩至贫瘠的爱的荒原。由于这一假设的存在，年轻人因此而沾沾自喜，觉得自己仿佛享有一个爱的太平洋，可以不加计算地挥霍爱意。上了年龄的人则很气馁，当谈到爱的时候，很有一些顾左右而言他的窘迫。爱的门扉已经像一家到了下班时间的商场，缓缓关闭。店员们带着疲惫的笑容在重复着"谢谢光临"，你也花光了所有的积蓄，即使别人不翻白眼，自己也无颜再耽搁，只有缩起脖子夹着尾巴却步抽身，才是明智之举。

有一种影响约定俗成——那就是爱似乎是年轻人的专利，或者只有他们才有深入探讨的必要。当人们说到中年或老年人的爱意时，会扭扭捏捏地觉得那是一种爱的残次品，不那么正宗，不那么地道。比如在形容他们这些人的爱情的时候，基本不会用"火热"这个词，而只以"温馨"替代。毋庸置疑，温馨比火热的温度，要差着好几个数量级呢。

在人们约定俗成的看法中，爱是有年龄限制的。它大量地存在于生命旺盛的青少年，而较少地分泌于生命渐趋平稳和衰落的成熟期和晚期。

这岂止是谬误的，首先是奇怪的。它把爱这种密切属于人类的高等和神圣的感情，简化到相当于睾丸素、黄体酮之类内在的荷尔蒙分泌物和诸如皱纹和胡须这种简单的外在指标了。

这必然首先牵涉到——爱是一种生理现象还是一种精神现象？

持年轻人拥有最多的爱意的看法的人，其实是把爱定位在激素特别是性激素的产量上了。如果这样来看，年轻人是一定会把老年人打败的。但不幸或者是有幸的是，爱是一种精神的状态，是一种需要不断修炼和提高的艺术，是一种积累经验审视自我的完善过程。因此，爱是和年龄无关的。

证据就是，爱可以在年轻人那里发生，也可以在老年人那里发生。从有人类以来的无数故事和历史可以证明，爱不是年龄的产品，它是心灵的能力。

其二，爱和对象有关。

中国有一句俗语，现在被人用得越来越多了，那就是——遇人不淑。原来是女人专用的，如今也常常听到被抛弃和被耍弄的男人长吁短叹此词。爱错了人的惨剧，古往今来，总是屡屡发生。人们在唏嘘之余，总是悲叹那薄命女子痴情汉，怎么不把眼睛拭亮，偏偏遇到了不该爱不能爱的人，糊里糊涂地就爱上了，且爱得水深火热？！

于是顺理成章地归纳出：在此情此景中，爱是没有过错的，错的是那爱的对象，不能承接爱，不能感悟爱，不配得到爱……总之一句话——所爱非人。不是有一首很有名的歌嘛，叫作《爱上了一个不该爱的人》……

这就很有一点讨论的必要了。

爱在这种悲剧中，似乎是孤立的一盆水，可以从楼台上闭着眼睛，泼到任何一个人的头上，凭的是冥冥之中的概率，和那个施爱者是没有关系的。甚至有一种可怕的论调，爱是盲目的，爱是碰运气，爱是不可知不可测定的，爱是没有规律的……

爱在这里被蒙上了宿命和诡谲的色彩，被妖魔化了之后，躲在命运的山洞里，伺机以画皮的模样谋害我们。

这样以少数人的愚蠢所导致的失利，来嫁祸于爱的清白之躯，是不公平和不正派的。

爱是一个正常心智的明媚选择，它积聚了一个人的精神能量和所有的素养智慧，是综合力量的体现。它首先表现在施爱者是有力量和有眼光的。如果你根本没有爱的能力，好比压根就不会游泳，你误入爱的海洋，你被淹得两眼翻白，甚至有生命危险，但这不是海洋的水的过错，这是因为你对自己的技艺的判断失误。这是你的责任，怎么能迁怒于一望无际波澜壮阔的大海呢？人们对于自然界是如此的宽宏大量和易于理解，为什么就对与我们休戚与共的爱，如此苛求相逼呢？这后面是否掩藏着我们人类对自己的宽纵和对无言情感的肆意欺凌呢？

你爱错了，责任在你。不但说明你的眼睛不亮，视力散光，聚焦不准，而且说明你根本就不懂得什么是爱。灾祸发生之后，搞清楚责任，是一件很痛苦和扫兴的事情，特别是在枝蔓生长到一败涂地的时候，挖掘出最初那悲惨的种子，原来竟是自己亲手播种的，当灾异显出狞恶之相时，自己非但没有亡羊补牢斩草除根，反倒以血饲虎姑息养奸以致贻害无穷……需要极大的勇气和力量审判自己。甚至可以武断地说，由于这类悲剧事件的主人公，原本就对爱的理解，颇多肤浅偏颇，当他们气定神闲的时候，你都不能指望他们的明智与清醒。在危机倒海翻江而来的时候，期待他们能有很好的自省力度，几近奢望。同时，我也深信，不幸的现场，如果妥加发掘，是虽然付出高昂学费，但也会物有所值的宝贵课堂。有时，幸福这个老师，和颜悦色地教授给你的学问，绝对逊色于灾难声色俱厉的鞭挞。可惜的是，浑身伤痕的爱的败阵者，怨天尤人地呓语着，骂遍了天下人，单单饶过了自己。所以，我很想煞风景地提醒一下善良的人们，对在爱的战役中的败将，如果他或她没有对自身的反思和批判，如果在交了一笔昂贵的爱的学费之后，学会的只是指责怨恨，那么，无论他或她显出多么楚楚可怜的模样，你可以帮助以金钱，却勿倾泻情感。他们不懂真爱，还需努力学习。

搞清爱的最主要方面，不在于爱的对象，而在于爱的主体，是沉冷峻严的判断。当你在人世间承受着种种知识的积累的时刻，你还需不断地历练对于爱的思索和实践。你要善于总结经验。如果不把主要的光圈聚焦在自己的爱的基准上，只是在大千世界的林林总总中发泄怨气、推卸责任，你就不但受到了来自他人的情感重创，而且还丢失了以后避开类似伤害的亡羊补牢的篱笆。

有很多人以为，只要成功地找到了一个可爱的人，爱就如霍乱病菌一般，自动地以几何数量级滋生起来，剩下的事，就是不断地收获爱的果实了。爱主要是一个寻找的过程。找对了，就一好百好；找错了，就一了百了。爱是一件虎头蛇尾的事，成败仅仅维系在开端部分。

于是，找到那爱的对象就成了千钧一发生死未卜的事件。此事一完成，就马放南山，刀枪入库，只剩等着岁月这个发牌员，验证我们当初押下的签了。

爱是一时一事还是一生一世？

爱是一锤定音还是守护白头？

爱是一失足成千古恨还是勤勉呵护日积月累？

爱是变数还是常数？

爱是概率还是守恒？

…………

你的爱情等待你的看法。你的爱情验证你的看法。你能够有什么样的爱情观，你就有什么样的爱情。你的观念就是你的命运。

原谅我说得这般决绝甚至带有一点霸道，因为它实在太简单了。引发悲惨结局的肇事者，常常不是对复杂事物的判断有误，而是对常识的藐视和忽略。

蝴蝶盾

　　江南。雨雪迷蒙的早春。傍晚。小城。远远的红灯。

　　我离开寄住的招待所，好奇地向那盏红灯走去。几晚了，从窗口望见它，如一只椭圆形的红蚕豆，在江南嫩绿的空气中孤悬。尤为奇怪的是，灯火下飘着一些斑驳的影子，若彩色的巨蚊，翩翩翻转，又不曾片刻飞离。

　　近了，看到一个细弱的小伙子，蹲在灯下，用剪刀劈开粉色的绸带，三缠两绕的，一朵小小的莲花，就在指尖亭亭玉立地绽开了，好像他的手，是埋在池塘里的一段藕。

　　再看蚊形巨影，不禁哑然失笑。那是小伙子用各色绸带编织的小物件，翡翠色的螳螂，巧克力色的蚂蚱，橘红色的龟，冰蓝色的玫瑰……一律以丝线穿了，吊在灯下的铁丝上。这些美丽的幌子，随每一阵微风，幽灵般起舞。破碎的雨滴，洒在它们的翅膀、脊背和花瓣上，像抹了露水似的，彩亮动人。

我说，卖的吗？

他抬起头。一双被夜熬红的眼。

卖的啊。买一只吧。多好看啊。除了挂着的这些，我还会编好多别样的。天上飞的，地下跑的，只要你叫得出名，我都编得来。

他望着我，很快地说。手不停操作，盲人按摩师一般娴熟。

我本打算看了端的就走的，这下反不好意思，想了想说，编一只凤凰吧。

不知为什么，他却踌躇了。好在只是片刻间的犹豫，马上接了问，什么色呢？

红的吧。我说，想起涅槃，火和再生什么的。

红的不好看，像烧鸡。他很坚决地否定，并不怕因此驱走了顾客。

青色吧。青鸟，很吉祥的。他权威地决定，不待我表态，十指翻飞地操作起来。

先是裁绸带。烧饼大的绸带卷，在小伙子手中无声地流淌着，渐渐缩小如贝。啊嗬，一只凤凰要用这么长的绸带啊！我惊讶着，嘴边不敢动静，怕惊动了他手心渐渐成形的生命。

十分钟后，一只蟹青色凤凰诞生了。骨架很魁梧，尾羽却不够丰满，嶙峋模样，令人忆起乌鸦。

我付了钱，然后说，小伙子，可惜没我想象的好。

他收拾着残屑很镇定地说，那你再买一只别的吧。凤凰不容易讨好，世上本没有的东西，每人心底想的都不一样。实实在在的，比较好办。

我说，那好，这回我改要蝴蝶。

他突然愣了，问，你是从外地来的吧？

我说，是啊。

他说，此地人都知道，我是不编蝴蝶的。

我纳闷，说，蝴蝶很难吗？我看比蜻蜓和猫什么的，容易多了。你刚才还天上地下地夸口呢。

已经入夜了，周围很寂静，没有主顾。薄薄的雾丝掠过灯笼的红光，像拭不净的血色玛瑙。那些悬挂着的绸制精灵，突然在某个瞬间一齐停止摆动，好像被符咒镇住了，不动声色地倾听。

他接着问，你是马上就要离开吗？

我说，明天一大早。

他下了很大决心似的，说，破一次例，卖你一只蝴蝶吧。

他也不再征询我对颜色的意见，思索着，径直施工。绸带卷沙沙滚动着，用料之多之杂，几乎够编一头斑斓猛虎。

他边编边说，家乡多棕榈，人人都会用叶编些好玩的东西。后来到外闯荡，人小力单，总也挣不到钱。突然看到城里人用作捆扎礼品的绸带，和棕榈叶差不多，就琢磨用它编物件。绸带软滑，很多编法都需另创。优点是颜色多，耐保存。现代人如今喜欢手工制品，他走南闯北，生意不错。

常想，全中国编这东西的，就我一个人吧？也许，该到北京申请个专利。

小伙子结束谈话的同时，完成的蝴蝶也递到我手里。

这是我生平所见最为精致的编制物，身肢纤巧，探须抖颤，好像刚从卷心菜畦受惊起飞。翅膀色彩鬼魅般绮丽，镶有漆墨般的黑点，如同一排豹睛，若有所思地注视着孤寂清冷的世界。

我失声道，这么艳的蝴蝶，能抵十只凤凰！

小伙子诡谲一笑，说，它的价钱比这要贵得多。

我吓一跳，忙说，啊呀，那我就买不起了。

小伙子忙解释，收您的，不会那么多，与凤凰同价。

我定下心，又问，那你为什么不多编些蝴蝶？

他说，多了，就不值钱了。三个月前，我刚到这里，原想住住就走的。此地不大，喜欢小玩意儿的人必也有限，打一枪就转移，流动作业呗。记得也是这时分，来了一个男人，两天前，他买过我的货。这趟劈头问，你能编多少种蝴蝶？我说，没算过，大约……总有……几十种吧。

他说，我用大价钱收你的蝴蝶。条件是，蝴蝶不得重样，不许给别人编，每日一只，一共百天。

我就在这儿住下了。除了摆摊，就是每天早上供应那男人一只蝴蝶。刚开始并不难，照我以前编过的花样，做给他就可交差。一月之后，渐渐有些吃力了。日日都要设计出新图谱，夜里想得脑仁开锅。我用各种颜色的绸带搭配翅膀，镶上奇异的条纹和斑点。在身躯和蝶须上大变花样……有时真恨蝴蝶为什么没有八只翅膀四条须，那么做文章的篇幅可翻多一倍。终于有一天，我对他说，老板，我不想再给你一个人编蝴蝶了，我要走了。男人落下泪来，说他在苦苦追求一个女孩，每天都给她送花。女孩刚开始看都不看，就把花抛掉。后来他偶尔附了一只从我这里买的蝴蝶，没想到那女孩就收下了花。为了每天得到一只奇异的蝴蝶，女孩一直同他交往，并说如果能集到一百只不重样的蝴蝶，就答应嫁他。男人说完，又把蝴蝶的价码加倍，并许事成之后，给我更多的钱。他说，蝴蝶就是老婆，千万别让她飞了。

我又留下来了。到今天为止，共编了八十九只蝴蝶，还有十一只就满百数之约。每当我煎熬心血编出一只前所未有的蝴蝶时，总在想，那个得到这只蝴蝶的女孩，究竟是谁？长得什么样？她若真是喜欢我的蝴蝶，在有月亮的晚上细细端详，也许能猜破我编进蝴蝶翅膀花纹中的心思。

我想问她，她爱的究竟是人还是蝴蝶？为什么女人总想用某种东西，考验男人？还要把自己一生的幸福，寄托在一个没头脑的死物件上呢？即使那样东西再宝贵，再难寻找，某个男人费尽心机为你找到了它，就是爱情了吗？要知道，你不是同蝴蝶过日子，而是同一个活人，相伴走过一生啊。

也许，我会在编满一百只蝴蝶之前，突然逃离这里。我还有十天的时间，可以来琢磨这事。如果那女孩真的爱他，即使攒不到百只蝴蝶，也会欢喜地嫁他吧？如果蝴蝶一旦没有了，女孩醒了，重新考虑自己的决定，是不是更好？我给了她一个妥善脱身的借口。

一阵夹杂雪粒的风吹来，悬挂着的彩色精灵，互相碰撞着跳起舞。我把手中纤巧的编制物，很仔细地包好，对他说，放心吧。在我没离开小城之前，不会有人看到蝴蝶。

道了别，缓缓离开。很远了，稀薄的空气还充满着淡淡的红光，从背后的方向绕过我的衣角，涌进无边的雾丝。

梅花催

很多人以为爱是虚无缥缈的感情，以为爱在我们的日常生活中，发生的机会十分稀少，以为只有空虚的细腻的多愁善感的人，才会在淋漓秋雨的晚上和薄雾袅袅的清晨，品着茶吹着箫，玩味什么是爱，以为爱的降临必有异兆，在山水秀美之地或是风花雪月之时，锅碗瓢盆刀枪剑戟必定与爱不相关。

还有很多人以为自己不会爱，是缺乏技巧，以为爱是如烹调术和美容术一样，可以列出甲乙丙丁分类传授的手艺，以为只要记住在某种场合，施爱的程序和技巧，比如何时献花何时牵手，自己在爱的修行上，就会有一个本质性的转变和决定性的提高。风行的各类男人女人少年少女的杂志上，不时地刊登各种爱的小窍门小把戏，以供相信这一理论的读者牛刀小试。至于尝试的结果，从未见过正式的统计资料，也无人控告这些经验的传授者有欺诈倾向。想来读者多是善意和宽容的，试了不灵，不怪方子，只怪自家不够勤勉。所以，各种秘方层出不穷，成为诸如此类刊物长盛不衰的不二法门。这也从另一个侧面说明，多少人求爱无门，再接再厉屡败屡试。

爱有没有方法呢？我想，肯定是有的。爱的方法重要不重要呢？我想，一定是重要的。但在爱当中，最重要的不是方法，而是你对于爱的理解和观念。

你郑重地爱，严肃地爱，欢快地爱，思索地爱，轻松地爱，真诚地爱，朴素地爱，永恒地爱，忠诚地爱，坚定地爱，勇敢地爱，机智地爱，沉稳地爱……你就会派生出无数爱的能力，爱的法宝，爱的方法，爱的经验。

爱是一棵大树，方法是附着在枝干上的蓓蕾。

某年春节，我到江南去看梅花。走了很远的路，爬了许久的山，看到了无边无际的梅树。只是，没有梅花。

天气比往年要冷一些，在通常梅花怒放的日子，枝上只有饱胀的花骨朵。怎么办呢？只有打道回府了。主人看我失望的样子，突然说，我有一个办法，可以让梅花瞬时开放。

我说，真的吗？你是谁？武则天吗？就算你真的是，如果梅花也学了牡丹，宁死不开你又怎样呢？

主人笑笑说，用了我这办法，梅花是不能抵挡的。你就等着看它开放吧！

她说着，从枝上折了几朵各色蓓蕾（那时还没有现在这般的环保意识，摘花——罪过），放在手心，用热气暖着哈着，轻轻地揉搓……

奇迹真的在她的掌心，缓缓地出现了。每一朵蓓蕾，好似被魔掌点击，竟在严寒中，一瓣瓣地绽开，如同少女睡眼一般睁出了如丝的花蕊，舒展着身姿，在风中盛开了。

主人把花递到我手里，说好好欣赏吧。我边看边惊讶地说，如果有一只巨掌，从空中将这梅林整体温和揉搓，顷刻间就会有花海涌动了啊！

主人说，用这法子可以让花像真的一样开放，但是……

她的"但是"还没有讲完，我已知那后面的转折是什么了。如此短暂的工夫，在我手中蓬开的花朵，就已经合拢熄灭，那绝美的花姿如电光石火一般，飘然逝去。

怎么谢得这么快？我大惊失色。

因为这些花没有了枝干。没有枝干的花，绝不长久。主人说。

回到正题吧。单纯的爱的技术，就如同那没有枝干的蓓蕾，也许可以在强行的热力和人为的抚弄下，开出细碎的小花，但它注定是短命和脆弱的。

我们珍视爱，是看重它的永恒和坚守。对于稍纵即逝的爱，我们只有叹息。

爱在什么时候，都会需要技术的。而且这些技术，会随着历史的进程，发展得更完善和周到。同时我们无论在任何时候，都更看重那技术之下的，深埋在雄厚土壤中的爱的须根。

　　如果你需要长久的致密的坚固的稳定的爱，你就播种吧，你就学习吧，你就磨炼吧，你就锲而不舍地坚持求索吧。爱必将降临在每一个真诚寻找它的眸子里。

情感有按钮吗？

常常想。却没有答案。

人们很爱说，你不要情感用事，那神情像是在上书一个君主，不要起用一个坏武将。因为情感出马的时候，是莽撞的，不经思考的，没有胜算的，甚至一败涂地的。情感在这里成了不折不扣的贬义词。

情感真的是贬义的吗？如果，真的是，那么，就应该——把人五颜六色的情感都阉割了，变成一架没有情感的素白骨骼。

然而，这个世界上已经有了太多的机器，缺少的正是有血有肉有风骨有情愫有气节有慈悲的汉子和女子啊！

不信，咱们打个赌试试。

你愿意娶一个没有情感的女子吗？恐怕绝大多

数的男子会说：不！

你愿意嫁一个没有情感的汉子吗？几乎所有的女子都会说：不！

你愿意生一个没有情感的孩子吗？不！不！我猜这是无数母亲的唯一答案。

你愿意有一个没有情感的母亲吗？不！绝不！我断定所有的孩子都会这样回答。

你愿意在没有情感的老师麾下当学生吗？学生们一定异口同声地说：不！

你愿意在没有情感的老板手下当员工吗？不！员工们会谨慎而坚定地作答。

你愿意在没有情感的国度里生活吗？……不！不！几乎所有的公民都会这样说！

人们这样需要情感，情感看来是万万少不了的。

但情感也需有节制。所有的事物都要有节制，超过了限制就是灾难。涓涓溪流是美丽的，不断地加大流量，成了滔滔洪水就是祸端。暖暖春光是惬意的，热下去再热下去，温度不断升高，成了烈火焚烧就是酷刑。适当的愤怒，适当的哀伤，适当的哭泣，适当的欢喜……如果它们的力度是恰到好处的，那么每一种情感，都是动力。都会让我们的生活丰富多彩，充满连绵不绝的激情与活泼的张力。

可惜，情感的特征就是不受控制。在某种程度上，它我行我素，自说自话，如同脱缰野马，洒脱不羁。所以，给情感安上一个按钮，就是非常必要的了。

情感按钮，它应该是圆的还是方的？什么颜色呢？谁来掌控呢？

都是问题。

依我看，情感按钮最好是液晶屏的，轻轻一触，不显山不露水地就完成了操作。如果你想发火，在别人还没有发现的当儿，你就在第一瞬间，觉察到了这喷薄欲出的火苗来自何方。你会问自己，除了发火，我还有没有更好的表达方式？面前的这个人，这个时间，这个地点，是不是我发泄愤怒的最好对象与时空？发火除了让我有片刻的快意以外，会不会造成更长远的伤害和后果？如果你将这一切都考虑周全了，你还是想勃然大怒，我觉得那就让火山爆发一次吧。这就像你的武库里有一枚原子弹，你就是超级大国的总统，你有核按钮。只是所有的爆炸都是有强大破坏力的，你可以炸毁邪恶，也可能粉碎自我。如果你悲痛欲绝，你是可以哭的。不但可以无声地哭泣，也可以声震寰宇号啕痛哭。情感没有对错之分，只有存在与否。既然存在了，就要像对付堰塞湖一样，挖一条导流渠，让危险的库容降低。能缓慢地释放最好。实在不行了，也要爆破，总之，宜疏不宜堵。不然，所有的情感都蕴藏着巨大的能量，一旦失去控制，就会电闪雷鸣风驰电掣地狂泻起来，那就极容易溃坝伤人。

情感按钮形状，我觉得最好是椭圆形的。关于圆形的好处，各种书上都有解释，有说这样最省材料，有说这样最美观，还有说这样最方便的。关于椭圆形的好处，讲得似乎不多。椭圆形，应该是圆形的弟弟吧。先有了圆形，然后圆形在某种压力下，就变成了椭圆形。圆形的所有优点它都保存着，只是比圆形更多了一些灵活变通。我喜欢椭圆形的原因是，它没有棱角，从任何方向抚摸起来，都是妥帖的，流畅的，简便的。既然我们的情感需要控制，那么这个按钮，当然以便利快捷温润周全为好。

如果要给情感按钮规定一种颜色，什么色儿好呢？红色，太鲜艳了，如果是火冒三丈的时候，这本身就是一个强烈的刺激。要不，黄色？想想，似乎太触目惊心了一点儿。想那海难的救生衣，道路的危险警示，都是或深或浅加入了一点红橙的黄。甫一看到，就让人警觉，甚至有不祥的预感。情感的按钮，还是更祥和一些吧。要不就绿色？环保并且时尚。细一琢磨，似乎稍微稚弱和青翠了些，不够坚定强韧。思来想去，最后决定取沧海和蓝天的色泽。

情感按钮，就用包容一切的蓝吧。海水的蔚蓝，翻起的浪花是雪白的，如同硕大无朋的蓝宝原石，镶着银亮而曲折的边。我乘坐游轮环球旅行，每日看不够的就是无边无际的大海了。我惊叹这个星球上有那么多的水，那么广阔的蓝色，而且，它们绝不单调枯燥，而是变幻无穷。不知哪里来的不竭动力，它们无时无刻不在充满胜利地涌动着，含蓄但深不可测。中国有句古话，叫作"仁者乐山，智者乐水"。我因为从小就在西藏当兵，和无数山峦相依为命，虽不敢自诩为仁者，却是爱山的，如同爱一位同宿舍的老友。这一次，见了真正浩渺无际奔腾不息的大海，才知道自己是多么崇拜水啊。不是智者，但是爱水，爱这孕育了无数生灵的颜色。

物种的起源，是来自水的。想当初，我们都是最简单的孢子，遨游水中。我们从海洋那里得到了最初的营养，开始了步履蹒跚的进化长征。如今我们成了这个星球上最智慧的生物，我们也面临着巨大的危机。看到海洋的时候，我们的心会宁静下来，在它面前，我们是如此渺小而单薄，比一朵浪花的生涯更短暂飘忽。一朵浪花的前世今生，可能进过鱼腹，可能幻成彩霞，可能成为雨滴和寒露，可能在蚌壳的体内变成珍珠……很多人的一生，绝无这般精彩绚丽。

还是回到情感按钮这里吧。我们每个人都在自己的情感之河上竖立一座水闸，它有一个蓝色的椭圆形的如同海洋之眼的按钮。当你无法控制自己情绪的时候，就轻轻地触摸它，它是光洁温凉的，带给你镇定和松弛。如果你真的要放纵一次自己的情绪，就请在慎重思考之下，把按钮按下。如果你在这样的触摸中，渐渐地冷静下来，找到了另外的出口，那么，恭喜你啊，避免了一场情绪的厮杀。

朋友说她的女儿要找我聊聊。我说，我——很忙很忙。朋友说她女儿的事——很重要很重要很重要。结果，两个"忙"字，在三个"重"字面前败下阵来。于是，我约她的女儿若樨，某天下午在茶馆见面。

我见过若樨，那时她刚上高中，清瘦的一个女孩儿。现在，她大学毕业了，在一家电脑公司做工。虽说女大十八变，但我想，认出她该不成问题。我给她的外形打了提前量，无非是高了，丰满了，大模样总是不改的。

当我见到若樨之后，几分钟之内，用了大气力保持自己面部肌肉的稳定，令它们不要因为惊奇而显出受了惊吓的惨相。其实，若樨的五官并没有大的变化，身高也不见拔起，或许因为减肥，比以前还要单薄。吓到我的是她的头发，浮层是樱粉色，其下是姜黄色的，被剪子残酷地切削得短而碎，从天灵盖中央纷披下来，像一种奇怪的植被，遮住眼帘和耳朵，以至我在很长一段时间内，觉得自己是在与一支鸡毛掸子对话。

落座。点了茶，谢绝了茶小姐对茶具和茶道的殷勤演示。正值午后，茶馆里人影稀疏，暗香浮动。我说，这里环境挺好的，适宜说悄悄话。

她笑了，是骨子里很单纯的表面却要显得很沧桑的那种。她说，到酒吧去更合适。茶馆，只适合遗老遗少们灌肠子。

我说，酒吧，可惜吵了点。下次吧。

若樨说，毕阿姨，你见了我这副样子，咱们还有下次吗？你为什么不对我的头发发表意见？你明明很在意，却要装出毫不在意的样子。我最讨厌大人们的虚伪了。

我看着若樨，知道了朋友为何急如星火。像若樨这般青年，正是充满愤怒的年纪。野草似的怨恨，壅塞着他们的肺腑，反叛的锋芒从喉管探出，句句口吐荆棘。

我笑笑说，若樨，你太着急了。我马上就要说到你的头发，可惜你还没给我时间。这里的环境明明很雅致，人之常情夸一句，你就偏要逆着说它不好。我回应，说那么下次我们到酒吧去，你又一口咬定没有下次了。你尚不曾给我机会发表意见，却指责我虚伪，你不觉得这顶帽子重了些吗？若樨，有一点我不明白，恳请你告知。我不晓得是你想和我谈话，还是你妈妈要你和我谈话？

若楣的锐气收敛了少许，说，这有什么不同吗？反正你得拿出时间，反正我得见你，反正我们已经坐进了这间茶馆。

我说，有关系。关系大了。你很忙，我没你忙，可也不是个闲人。如果你不愿谈话，那我们马上就离开这里。

若楣挥手说，别别！毕阿姨。是我想和您谈，央告了妈妈请您。可我怕您指责我，所以，我就先下手为强了。

我说，我不怪你。人有的时候，会这样的。我猜，你的父母在家里同你谈话的时候，经常是以指责来当开场白。所以，当你不知如何开始谈话的时候，你父母和你的谈话模式就跳出来，强烈地影响着你的决定，你不由自主地模仿他们。在你，甚至以为这是一种最好的开头方法，是特别的亲热和信任呢！

若楣一下子就活跃起来，说，毕阿姨，您真说到我心里去了。其实，您这么快地和我约了时间聊天，我可高兴了。可我不知和您说什么好，我怕您看不起我。我想您要是不喜欢我，我干吗自取其辱呢？索性，拉倒！我想尽量装得老练一些，这样，咱们才能比较平等了。

我说，若楣，你真有趣。你想要平等，但却从指责别人入手，这就不仅事倍功半，简直是南辕北辙了。

若楣说，我知道了，下回，我想要什么，就直截了当地去争取。毕阿姨，我现在想要异性的爱情。您说怎么办呢？

我说，若楣啊，说你聪明，你是真聪明，一下子就悟到了点上。不过，你想要爱情，找毕阿姨谈可没用，得和一个你爱他，他也爱你的男子谈，才是正途。

若樨脸上的笑容风卷残云般地逝去了，一派茫然，说，这就是我找您的本意。我不知道他爱不爱我，我更不知道自己爱不爱他。

若樨说着，从皮夹子里，拿出了一张折叠得整整齐齐的纸，递给我。

我原以为是一个男子的照片，不想打开一看，是淡蓝色的笺纸，少男少女常用的那种，有奇怪的气息散出。字是虾红色的，好像是用毛笔写的，笔锋很涩。

这是一封给你的情书。我看了，合适吗？

读了开头火辣辣的称呼之后，我用手拂着笺纸说。

我要同您商量的就是这封情书。它是用血写成的。

我悚然惊了一下。手下的那些字，变得灼热而凸起，仿佛烧红的铁丝弯成。我屏气仔细看下去……

情书文采斐然，述说自己不幸的童年，从文中可以看出，他是若樨同校不同系的学友，在某个时辰遇到了若樨，感到这是天大的缘分。但他长久地不敢表露，怕自己配不上若樨，惨遭拒绝。毕业后他有了一份尊贵的工作，想来可以给若樨以安宁和体面，他们就熟识了。在若即若离的一段交往之后，他发现若樨在迟疑。他很不安，为了向若樨求婚，他特以血为墨，发誓一生珍爱这份姻缘。

“人的地位是可以变的，所以，我不以地位向你求婚。人的财富是可以变的，所以我也不以财富向你求婚。人的容貌也是可以变的，所以我也不以外表向你求婚。唯有人的血液是不变的，不变的红，不变的烫，从我出生，它就灌溉着我。这血里有我的尊严和勇气，所以，我以我血写下我的婚约。

"如果你不答应，你会看到更多的血涌出……如果你拒绝，我的血就在那一瞬永远凝结……"

我恍然，刚才那股奇特的味道，原来是笺上的香气混合了血的铁腥。

你现在感觉如何？我问若樨。并将虾红色的情书依旧叠好，将那一颗骚动的男人之心，暂时地囚禁在薄薄的纸中。

我很害怕……我对这个人摸不着头脑，忽冷忽热的……可心里又很有几分感动。血写的情书，不是每个女孩子都有这份幸运的。看到一个很英俊的男孩，肯为你流出鲜血，心里还是蛮受用的。我把这份血书给好几个女朋友看了，她们都很羡慕我。毕竟，这个年头，愿意以血求婚的男人，实在是太少了。

若樨说着，腮上出现了轻浅的红润。看来，她很有些动心了。

我沉吟了半晌。然后，字斟句酌地说，若樨，感谢你信任我，把这么私密的事告诉我。我想知道你看到血书后的第一个感觉。

……是……恐惧……若樨说。

我问，你怕的是什么？

若樨说，我怕的是一个男人，动不动就把自己的血喷溅出来，将来过日子，谁知会发生什么事！

我说，若榴，你想得长远，这很好。婚姻不是一朝一夕的事情。每个女孩披上嫁衣的时候，一定希冀和新郎白头偕老。为了离婚而结婚的女人，不是没有，但那是阴谋。另当别论。若榴，除了害怕，当你面对另一个人的鲜血的时候，还有什么情绪？

若榴沉入到当时的情景当中，我看到她长长的睫毛在疾速地眨动，那是心旌动荡的标志。

我感到一种逼迫，一种不安全。我无法平静，觉得他以自己的血要挟我……我想逃走……若榴喃喃地说。

我看着若榴，知道她在痛苦的思索和抉择当中。毕竟，那个男孩迫切地需要得到若榴的爱，我一点都不怀疑他的渴望。但是，爱情绝不是单一的狙击，爱是一种温润恒远。他用伤害自己的身体，来企图达到自己的目的，如果一朝得逞，我想他绝不会就此罢手。人，或者说高级的动物，是会形成条件反射的。当一个人知道用自残的方式，可以胁迫他人按照自己的意志行事的时候，他会受到鼓励。

很多人以为，一个人的缺点，会在他或她结婚之后，自动消失。我觉得如果不说这是自欺欺人，也是一厢情愿。依我的经验，所有的缺陷，都会在婚姻之后变本加厉地发作。婚姻是一面放大镜，既会放大我们的优点，也会毫不留情地放大我们的缺点。因为婚姻是那样的赤裸和无所顾忌，所有的遮挡和礼貌，都会在长久的厮磨中褪色，露出天性粗糙的本色。

……也许，我可以帮助他……若榴悄声说，声音很不确定，如同冷秋的蝉鸣。

我说，当然，可以。不过，你可有这份力量？他在操纵你，你可有反操纵的信心？我们不妨设想得极端一些，假如你们终成眷属，有一天，你受不了，想结束这段婚姻。他不再以血相逼，升级了，干脆说，如果你要离开我，我就把一只胳膊卸下来，或者自戕……到那时，你又该如何应对呢？如果你说，你有足够的准备承接危局，我以为你可以前行。如若不是……

若樨打断了我的话，说，毕阿姨，您不要再说下去了。我外表虽然反叛，但内心里却很柔弱。我没有办法改变他，和他在一起的时候，我很不安全。我不知道在下一分钟他会怎样，我是他手中的玩偶。

那天我们又谈了很久，直到沏出的茶如同白水。分手的时候，若樨说，您还没有评说我的头发。

我抚摸着她的头，在樱粉和姜黄色的底部，发根已长出漆黑的新发。我说，你的发质很好，我喜欢所有本色的东西。如果你觉得这种五花八门的颜色好，自然也无妨。这是你的自由。

若樨说，这种头发，可以显示我的个性和自由。

我说，头发就是头发，它们不负责承担思想。真正的个性和自由，是头发里面的大脑的事。你能够把神经染上颜色吗？

爱，有无数种分类法。我以为最简明的是——以血为界。

一种是血缘之爱，比如母亲之爱亲子，儿子之爱父亲，扩展至子孙爱姥姥姥爷爷爷奶奶，亲属爱表兄表弟堂姐堂妹……甚至爱先人爱祖宗，都属于这个范畴。

还有一种爱在血外，姑且称为——非血之爱。比如爱朋友，爱长官，爱下属，爱动物……最典型的是爱自己的配偶。

血缘之爱是无法选择的，你可以不爱，却不可能把某个成员从这条红链中剔除。一脉血缘在你诞生之前许久，已经苍老地盘绕在那里，贯穿悠悠岁月。血缘之爱既至高无上又无与伦比地沉重，也充满天然的机缘和命定的随意。它的基础十分简单，一种名叫"基因"的小密码，按照数学的规律递减着，稀释着，组合着，叠加着，遂成为世界上最神圣最博大的爱的基石。

非血之爱则要奇诡神秘得多。你我原本河海隔绝，天各一方，在某一瞬间，突然结成一体，从此生死相依，难道不是人世间最司空见惯又最不可思议的偶然吗？无数神鬼莫测的巧合混杂其中，爱与恨泥沙俱下无以澄清。激情在其中孕育，伟大与卑微交织错落。精神与人格，在血之外的湖泊中遨游，搅起滔天雪浪，演出无数悲欢离合的故事……爱恋的光谱，比最复杂的银河外星系轨道，还难以预计。

血缘之爱使我们感知人间最初的温暖与光明，督我们成长，教我们成人。它是孤独人生与大千世界的脐带，攀缘着它，我们一步步长大，最终挣脱它的羁绊，投入血外之爱。然后我们又回归，开始血缘之爱新的轮回。

血缘之爱是水天一色的醇厚绵长，非血之爱更多一见钟情的碰撞和千折百回的激荡。

血缘之爱有红色缆绳指引，有惊无险，经历误会挫折，多能化险为夷，曲径通幽。非血之爱全凭暗中摸索，更需心灵与胆魄烛照，在苍莽荒原中，辟出人生携手共进的小径。非血之爱，使每个人思考与成长，比之循规蹈矩的血缘，更考验一个人的心智。

爱一个和你有血缘关系的人，是一种本能，一种幸福，一种责任，一种对天地造化的缠绵呼应。

爱一个和你没有血缘关系的人，是一种需要，一种渴望，一种智慧，一种对美与永恒的无倦追索。

我们一生，屡屡在血与非血的爱中沐浴，因此而成长。

好日子和坏日子，是有一定比例的。就是说，你的一生，不可能都是好日子——天天蜜里调油；也不可能都是坏日子——每时每刻黄连拌苦胆。必是好坏日子交叉着来，如同一块花格子布。如果算下来，你的好日子多，就如同布面上的红黄色多，亮堂鲜艳。如果你的坏日子多，那就是黑灰色多，阴云密布。

以上的说法，想来会有人同意，但好日子和坏日子，是以什么来划分的呢？什么是好坏日子的分水岭试金石呢？看法恐怕就不一致了。比如，钱吗？好像，不是。有钱的人不一定承认他过的是好日子，钱少的人或没钱的人，也不一定感觉他过的就是坏日子。健康吗？好像，也不是。无痛无灾的人不一定觉得他过的是好日子，罹病残疾的人也不一定承认他过的就是坏日子。美丽和能力吗？似乎，更不像了。看看周围，有多少漂亮能干的男人女人，锁着眉苦着脸，抱怨着岁月的难熬啊……

说了若干的标准，都不是。那么，什么是好日子和坏日子的界限呢？

不知他人的答案若何，我猜，是爱吧？

有爱的日子，也许我们很穷，但每一分钱都能带给我们双倍快乐。也许我们的身体坏了，每况愈下，但我们执着相爱的人的手，慢慢老去，旅途就不再孤独。也许我们是平凡和微眇的，但我们竭尽力量做着喜欢的事，心中便充溢温暖安宁。

这是什么呢？这就是好日子了。你的那块花格子布上，绽开了鲜花。

　　渠枫来见我的时候，披头散发，衣帽邋遢。对一个容颜娟秀的女孩子来说，糟蹋自己到了这种地步，可见她遇到了重大的困厄，心灰意懒，已经抛弃自爱，不再珍重。

　　她一屁股坐下来，从内兜深处掏出一件东西，握在手心，对我说，都是它把我毁了！

　　我以为那会是一枚珠宝首饰或是一个信物，要么干脆是一封绝交信，没想到在渠枫苍白的缓缓展开的手掌心里，是一只普通的塑料的小眼药瓶。到街上的药店，一块钱可以买回三只。

　　我细细地观察着这只药瓶。奇怪它有何魔力，竟能把一个青春年华的女大学生，折磨得如此憔悴萎靡？

　　药瓶基本上是空的，它的底部，有一些暗红色的渣滓沉淀着，好像是油漆的碎片。瓶颈部的封堵已被剪开。之所以特别提到了这一点，是它被剪开的位置，反常地偏下。一般人怕药水大量滴出，瓶尖部的口通常开得很细小。但这只眼药瓶，几乎是从瓶肩部被断开了，瓶颈缩得很短，仅够套上瓶帽。

我看着渠枫。渠枫也看着我。很久很久，沉默如同黑色的幕布，遮挡着我们。终于，渠枫说，你为什么不问我？

我说，我在等你。

渠枫说，等我什么？

我说，你来找我，就是信任我。我等着你把你想要对我说的话说出来。

渠枫又继续沉默。当我几乎不寄希望的时候，她突然说，好吧，我就把一切都告诉你。

我爱上了申拜，一个并不高大但是很有内涵的男生。有同学说，以你的条件，可以找一个比申拜外形更酷的男孩，申拜矮了些，要知道，身高就是男人的性感哦！我说，我看重的是申拜的内在。注重男子的身高，是农耕社会和游牧民族的习气了，机械欠发达的时候，男人的力气就是他的资本，比如扛麻包挑担子什么的，当然是大个子占便宜。如今到了电子时代，经营决策，敲击电脑，都和身高无关。一个男人能不能给女人幸福，不在身高，在乎内里的质量。

朋友被我驳得两眼如同死鱼，干张着嘴，无话可说。申拜知道了我的观点，对我更是呵护有加体贴入微。他说，我是他交的第一个女朋友，我说，你也是我的……我们的感情很快进展到如胶似漆。一天，我约他到我家玩，父母正好同到外地出差。夜深了，他抱着我说，他忍不住了，想彻底全面地得到我。我急忙推开他的手，说，不……不能……

我看他退开，情绪很伤感，觉得我对他不信任。就急忙安慰他说，不是我不愿意，是我还没做好这个准备。下次吧，好吗？

他很尊重我，就让自己渐渐地平息下去，那一天，我们好说好散了。

没想到他期待中的下次，竟那么快，就是第二天。也许是怕我父母很快就会回来，我们就不容易找到如此安全无干扰的地方了。又是我的小屋，又是子夜时分，我们聊着，却都有些心不在焉，在期待着什么，畏惧着什么，迎接着，又想躲避……

他突然拥着我说，今天，你准备好了吗？

我战战兢兢地回答，准备好了。

我把灯熄灭了。在黑暗中，我们脱掉所有衣服，把彼此还原成伊甸园中的模样。我躺在自己的小床上，看着窗外，觉得自己的床如此陌生，我就要在这张床上，变成申拜的新娘。我看到申拜被月光镀成青铜色的躯体，知道一个关键的时刻即将到来。

申拜的激情越来越蓬勃，我在昏眩中等待。就在箭即将离弦的时候，他突然抬起身体，说，渠枫，你说得对，我们还没有做好准备。既然我们要爱到地老天荒，为什么不能再等几个朝朝暮暮？我保存和尊重你的领土完整，直到婚礼之夜……

我拼命搂住他的身体，不让他离开我，声嘶力竭地叫道：不！申拜，你不能这样！不能！我要你！

但是，没用。申拜是一个自制力非常强的人，他一旦决定了，谁也无法更改。我于是绝望地看着他起身，拧亮电灯……于是，在明亮如昼的灯光之下，他看到了——在我的雪白的床单之上，有一片鲜红的血迹……

这是什么？他大吃一惊。

刚才，床单上还是什么都没有的啊……我干了什么？我什么都没干啊……

申拜惊愕地捶着自己的胸膛，我知道，在他的胸膛里，一颗纯洁的心正在粉碎。

他疯了似的抓住我，歇斯底里地喊道，这是你干的，是你！是不是？

我泪水凄迷地点了点头。这屋子里没有别人，不是我干的，又是谁干的?!

这就是你所说的要做的准备，对不对？你想伪装成一个处女，你作案的工具在哪里？在哪里?!申拜的目光喷吐着蔑视的火焰，嘴唇哆嗦。

我不说。我什么也不说。默默地穿上我的衣服。我看着申拜，如同路人。刚才，我们还在肌肤相亲啊。

申拜在我的房屋里疯狂地寻找。很快，他就在我的床下，找到了这只眼药瓶，里面还有几滴残存的血液。

申拜说，你是处女吗？

我说，我不是处女了。

申拜说，那个人是谁？

我说，是我以前谈过的一个男朋友。我不知道男人为什么要用性这种东西，让女人来证明自己的爱。我那时还小，我不知道说"NO"。当我发现他不可信任的时候，我就离开了他。

申拜捏着这个眼药瓶说，这里面是你的血吗？

我哭了，说不是。我没有办法把自己的血装进这个小瓶里。如果做得到，我愿用千倍百倍的血来证明我的爱。

申拜毫不为之所动，冷冷地追问，那这是谁的血？

我说，不是谁，是一只鸡。那只鸡是我杀的，它的尸体在垃圾桶里。

申拜说，想不到，你设计得这样周密啊！

我放声痛哭道，我不愿失去你！我知道你在意！我没办法，才想出这个主意。我本来想用现成的猪血豆腐，但那是凝固的，根本就不能流淌了。我后来到了菜市场，我想跟人要点鳝鱼血，就说是为了治病，可我还是没法子把它装进小瓶里。后来，我买了一只活鸡。小贩说，小姑娘，我替你杀了吧，不多收钱。我说，不，我自己杀！

我从来没有杀过任何活物，包括一只螳螂或是蝴蝶。可是，为了我的爱情，一回到家，我挥刀就把鸡头斩了下来。鸡血飙射一地，好像谋杀案的现场。我往一只碗里注了冷水，再加了点白醋，然后把鸡血控进去，拼命搅动。我从书上查到，这样血液就不会凝固了。然后我到街上买了几只眼药水。先是开口剪得太小，血好不容易吸进去但又挤不出来，总之很不顺畅。我想熄灯后，留给我操作的时间不会太长，我得速战速决。后来我又把药瓶口子剪得太大了，瓶帽盖不住了。费了半天劲儿才弄得合适了，血吸进去后，一滴不漏。需要的时候，可以很快喷涌而出。一切都计划好了，只是没想到……

申拜双臂交叉，紧紧地抱住自己的肩膀，好像在狂风暴雨中。他冷笑道，你没想到什么？

我说，没想到你有如此坚强的毅力，没想到你那样地珍爱我……

申拜说，珍爱？只可惜，那是以前了。你伤害了我，什么就都不存在了。保存好你的秘密武器吧！

他说着，把这个眼药瓶扔到我床上，扬长而去。

从那以后，我无论打他多少电话，他一概不接。我堵着他，好不容易见了，也没一个眼神……我太痛苦了，生命已没有价值……渠枫拼命撕扯着自己的头发，没有一点痛觉的模样，好像那是一堆破渔网。

我看着愁云惨淡的渠枫，再看看那个眼药瓶。药瓶如同一个杀了人的子弹壳，丑陋而污秽。

我说，渠枫，你很后悔，你想挽回，你不知从何做起？对不对？

渠枫说，是啊，是啊。快教我怎样办。

我说，你先告诉我，你最伤申拜心的是什么？

渠枫说，他嫌我不再是处女。

我说，如果真是这个原因，此事已无可挽回。即便你做了修补手术，不似这次露馅，但他已心冷如铁，你无法修补他的记忆。

渠枫想想，又说，他嫌我欺骗他。

我说，一个不诚实的人，确实人见人怕。你怎样才能让申拜认为你从此痛改前非，开始真诚？

渠枫说，我找到他，把我的苦心和忏悔告知他。如果他能原谅我，我就和他重新开始。如果他不能原谅我，我也只好认命了。但是，以后，我若再交了男朋友，该如何解释自己不是处女？

我说，交友的双方，都可以保留自己的隐私，这无可厚非。只是你机关算尽，导演了一场闹剧，你企图伪造一个现实，这就是欺骗了。恋人之间，谎言注定会杀伤幸福。渠枫，你已经付出了两次惨痛的代价，但是你还没有得到代价之后的思索。真正的爱情必定是真诚基础上的建筑。

遮颜男子

一位做职业心理医生的朋友，对我讲过这样一个故事。

某日下午，也许是因为突如其来的暴雨，预约的咨客访过之后，没有新的咨询者来谈。我收拾好文件夹，预备下班，突然走进来一位年轻的男子。他西服笔挺，很有身份的样子。头上戴着一顶礼帽，帽檐压得很低，几乎看不清他的眉眼。我感觉到，这人有很深的隐秘，不愿让人知晓。他来找心理医生，想必是遇到了实在难以排解的苦闷。

他坐下来以后，对着我需要他填写的表格说，就不填了吧。因为，如果你一定要我填写，我就会编一些假资料在上面，无论是对我还是对您，都是一个尴尬和可笑的过程。

我点点头说，谢谢你这样坦诚地告诉我。不过，有一些资料，你是可以如实告诉我的。你对你的名字、职务、地址、联系方式……都可以保密。但是，既然你是来和我讨论你的问题，那么，关于你的婚姻情况、你的文化水准等，应是可以回答的。如果我们连这种基本的信任都没有，那么，请原谅，即使你很愿意讨论问题，我也无法接受你的要求。

他若有所思，想了想之后，在空白的名字之后，写下了职业：国家公务员。教育水准：硕士。

我说，好吧，你可以不告知我你的姓名，但是，我怎么称呼你呢？

他说，你就叫我老路好了。

你一点都不老，看起来很年轻啊。我把感想告知他。

他说，你就把我当成一个老年人吧。

这是一个奇怪的要求，但我的来访者有很多令人诧异的想法，我已见怪不怪。

我说，咱们聊些什么呢？

他清清嗓子说，你能告诉我，女人和食物有什么区别吗？

一个怪异的问题。但他的眼睛，看得出认真和十分渴望得到答案。甚至，他还掏出了一个很精美的笔记本，想把我的话记录下来。

我说，女人和食物，当然是有非常重大的区别的。我看你是受过良好教育的人，一定晓得这两样东西是完全不同的了。我想了解，你为何想到了这样一个问题？这其中发生了什么？我觉察到了你的迷惘和混乱。

他好像被我点中了穴位，久久地不吭声。停了半天，才说，是这样的。我在政府机构里任职，现在做到了很高的位置。我的办公室里有一个秘书，是那种很优雅很干练的女孩，当然，外表也是非常漂亮的。你要知道，在当代大学生寻找工作的排行顺序里，公务员是高列榜首的。对于女孩子来说，更是一份优厚和体面的工作。这个女孩，就叫她蔻吧。

蔻是我从大学生求职招聘会上特招来的，我需要一个善解人意练达能干的女秘书，当然，还要赏心悦目。我是一个讲求品位的人，我使用的所有物件，都是高质量的。我对我的秘书要求高，也是情理中的事。蔻来了以后，很快就适应了工作，比我以往的任何一届秘书，都更让我得心应手。我很高兴，觉得自己多了一条胳膊一条腿。我不是开玩笑这样说，是真心的。当你有了一个比你自己想得更周到的秘书的时候，你觉得自己的生命被延长了，力量和智慧都加强了。

那是很美好的感觉。事情停留在这个地步就好了，但是，关系这种东西，不是你想让它发展到哪一步就可以凝结住的东西，它一旦诞生了，就有了自己的规律。因为我和蔻在一起工作的时间很长，每天都要讨论一些问题，交代一些事务，对于我是一个怎样的人，她很快就了如指掌了。她说，她喜爱我的一切，从我的学识风度到细小的习惯和动作，连我的老伴非常不喜欢的我的呼噜，她都戏称为是一只安详的老猫在休养生息，预备着更长久的坚守和一跃而起……你知道，一个中年接近老年的人，被一名年轻女孩这样地观察和评价，是很受用的……

我听得很认真，我相信这些叙述的可靠性，不过，巨大的疑惑涌起，我说，对不起，打断一下。你一再地提到自己的年龄，还有老伴什么的说法……但是，我觉得这与实际不很吻合。

老路右手很权威地一挥，说，您先别急，且听我说。

我默不作声，迷惘更重了。

老路说，钱钟书说过，老年人的爱情就像是老房子着了火，没的救的。我和蔻的关系，燃烧起来了。是蔻点起的火，还不停地往上泼汽油。我一生操守严格，本以为自己年纪已经这样大了，从生理到心理，对于女色都会淡然，没想到，在蔻的大举进攻下，我的城堡不堪一击。连我们发生性关系的时间和地点，都被蔻以公务会面，堂而皇之地写在了我一周的计划中，那么天衣无缝。我被这个小女子安排进了一个圈套。当然，我还存有最后的理智，我对她说，这是你自愿的，咱们可要说清楚。蔻说，这都什么时候了，你这样控制？我给你吃一个药片，你就不会如此矜持了。说着，她拿出了淡蓝色的菱形药片……

我插话道，是伟哥？

老路说，是，正是。

我说，你吃了。

老路说，吃了，但是在吃之前，我还是清醒地同她约法三章。第一，我没有强迫你。第二，我不会和你结婚。第三，你不要以此来要挟我。

蔻冷笑着说，你可真是20世纪遗留下来的人了。性是什么呢？食色，性也，就是说，它是正常的，是常见的，是没什么附加条件的。当你看到一盘美食，你肚子正好饿了，很想吃，那盘美食也很想入了它所喜爱的人的肚子，这不是一拍即合两全其美的好事吗？你还犹豫什么呢？

话说到这份儿上，我真的被这种大胆和新颖的说法所俘获，我想，我可能真是老了吧？也许是伟哥的效力来了，也许是我内心里潜伏着一股不服老的冲劲，我巴不得被这么年轻的女孩接受和称赞，我就当仁不让……

小小的咨询室里出现了长久的停顿。空气沉得如同水银泻地。

后来呢？我问。

后来，蔻就怀孕了。老路垂头丧气。

蔻不再说那些女人和食物是等同的话了，蔻向我要求很多东西。她要钱，这倒还好办，我是个清官，虽然不是很有钱，但给蔻的补偿还是够的。但蔻不仅是要这些，她还要官职，她要我列出一个表，在什么时间内，将她提为副处级，什么期限内将她提为正处级。还有，何时提副局级……我说，那个时候，也许我已经调走或是退休了。蔻说，那我不管。你可以和你的老部下交代，我有学历有水平，只要有人为我说话，提拔我是顺理成章的事情，只要你愿意，你是一定办得到的。我为难地说，国家的机构，不是我的家族公司，就算我愿意为你两肋插刀，要是办不成，我也没办法。

蔻说，如果办不成，就是你的心不诚。

我有点恼火了，就算我在伟哥的作用下乱了性，也不能把这样一个小野心家送上重要的职位啊。我说，如果我办不成，你能怎么样呢？

蔻说，你知道克林顿吧？你知道莱温斯基的裙子吧？你的职位没有克林顿高，可我身上有的东西，比莱温斯基的裙子，力道可要大得多啊！

蔻现在还没有到医院去做手术，我急得不得了。我不知道向谁讨教，我就到你这里来了。当然，蔻对我也是软硬兼施，有的时候，也是非常温存。我真的不知道该怎么办了。那个孩子在一天天地长大，到了我这个年纪的人，对孩子还是非常喜爱的，但我更珍惜的是我一生的清誉，不能毁于一旦啊……

我赶快做了一个强有力的手势，打断老路的话，把我心中盘旋的疑团抛出：老路，不好意思，我一定要问清楚你的年纪，因为这是你的叙述中一个非常重要的线索，你不断地提到它，并感叹自己的经历。我想知道，你究竟有多大年纪？

老路目光犹疑而沉重地盯着我，说，既然你问得这样肯定，我也没办法隐瞒了，我五十六岁了。

我虽有预感，还是讶然失声道，这……实在是太不像了。你有什么秘密吗？

这是一句语带双关的话。我不能随便怀疑我的来访者，但我也没有必要隐瞒我的疑窦丛生。老路长叹了一口气说，你眼睛毒。我当然是没有那么大的年纪了，这是我的首长的年龄。除了年龄以外，我所谈的都是真的。只是首长德高望重，他没有办法亲自到你这里来咨询。我是他的助手，我代他来听听专家的意见，也可让他在处理如此纷繁和陌生的问题上，多点参考。

说到这里，老路长嘘了一口气。看来，这种李代桃僵的事，对他也是不堪重负。

轮到我沉默了。说实话，在我长久的心理辅导生涯中，不敢说阅人无数，但像这样的遭遇还是生平第一次。我能够体会到那位首长悔恨懊恼一筹莫展的困境，也深深地被蔻所震惊。这个美丽而充满心计的女子身上，有一种邪恶的力量和谋略，她真要投身政治，也许若干年之后，会升至相当的位置。至于这位为首长冒名咨询的男子，更是罕见的案例。

我说，终于明白你开始问的那个问题的意义了。女人和食物，是完全不同的。男女之间的性关系，绝不像人和物之间的关系那样简单和明朗。它是人类有史以来最亲密的关系之一。两个不同的人，彼此深刻地走入了对方的心理和生理，这是关乎生命和尊严的大事情，绝非电光石火的一拍两清。倘若有什么人把它说得轻描淡写或是一钱不值，如果他不是极端的愚蠢那就一定是有险恶的用心了。

至于你的首长，我能理解他此刻复杂惨痛的情绪，他陷在一个大的危机当中。他要做出全面的选择，万不要被蔻所操纵……

那天还谈了很多，临走的时候，老路说，谢谢你。

我说，如果你的首长还想咨询的话，希望他能亲自来。老路把礼帽往下压了压说，好吧，我会传达这个信息。

朋友讲完了他的故事。我说，那位上当的老人来了吗？

朋友说，我从他的助手临走时压帽子的动作，就知道首长不会来的。

我说，这件事究竟怎样了结的？

朋友说，不知道。世上的人，究竟有多少能分清食和色的区别呢？只要这事分不清，此类的事就永不会终结。

一位女友在国外做心理医生。回得国来，与我闲谈。说起她对许多心理疾患久治不愈的美国人，竭力推荐中国的一种疗法。

我说，是某种中药吧？中医对许多莫名其妙的病症，颇有奇异的效果。

她抿嘴一笑说，不是。这疗法，不用口服不必注射，像我们这个年纪的中国人，操作起来都是极娴熟的。

没想到不知不觉中还有绝技在身，忙问到底是怎样的疗法。

就是谈心啊。当年我们俩不是结成对子，常常在操场边的葡萄架下，谈天到深夜吗？各自的家庭，心里的一闪念，还有苦恼和希望，都漫无边际地聊个够……直到现在，我的鼻子在大洋彼岸，在睡梦中，还时时会闻到篮球架旁的沙枣花香，那是一种无法形容的蛊惑人心的醉气……

我说，谈心这件事，现在的名声可不大好。过去许多人把谈心得来的材料，当成子弹，打了小汇报，酿出了无数冤案。人们如今都牢记老祖宗的教导，逢人只说三分话，未敢全抛一片心，哪里还有痛彻肺腑的聊天？

倘若是男人嘛，还有一个放松的机会，那就是三五知己喝醉了酒，吐出几分真言，女人就只好憋在肚里，让那些心里话横冲直撞，直到把自己的神经撞出洞来。再说这也是社会的一种进步，我们好不容易得了的隐私权，岂能拱手相让？

女友笑起来说，隐私权是一种权利，你愿意用就用，不愿用就不用，自由在你手里啊。好比离婚这种权利，对于和和美美的夫妻来说，就可以闲置在那里。再者人家逼迫你说出隐私，和你自愿地倾诉心曲，实在是两回事。

其实越是隐私，对人心理的压力就越大，就越要有正常的宣泄渠道。随着社会物质文明的进步，人们对自己的生理健康越来越关注。哪怕微风吹落了草帽，也要赶快吞几片感冒药预防。但人们对自己的心理关怀太不够了，它就像一个褴褛的灰姑娘，躲在角落里。可这个灰姑娘是会发脾气的，一旦疯狂起来，将给我们带来巨大的痛苦。

她忽然转换了话题说，假如你和你的先生吵了架，你怎么办？

我说，那我就不理他。

她问，你和别人谈起吗？

一般不说。家丑不可外扬啊。我叹一口气。

她说，你跟我说了心里话，我也跟你说。在美国，假如我突然和我的先生吵了架，我会马上去找我的心理医生。

我说，你自己不就是医生吗，还要找别人干什么？

她笑笑说，心理医生也和别的医生一样，自己是不能给自己看病的。夫妻吵架表面上看来都是因为极小的事情，但下面常常潜伏着由来已久的情感危机。

假如我们不想分手，就一定要把这股暗流找出来，清醒地对待它、排解它。但心理医生在美国收费十分昂贵。

我说，主意虽好，只是咱们连小康尚未达到，第三世界消费不起。有没有自力更生白手起家的法子？

女友说，有啊，这就是谈心。其实心理医生也是和病人谈心聊天，只不过更专业更精彩一些。女性应该多有几个朋友，至少也要有一个你可以面对她哭泣的女人。

我指的不是那种萍水相逢或是生意场上权力上因为利害关系结成的伙伴，而是交往多年知根知底善解人意的朋友。

你说起了一片叶子，她就知道风从哪里来。哪怕你婚后爱上了另一个男人，你也用不着分辩自己不是一个坏女人，要商讨的只是应该怎样办……她真诚而善良，绝不会把你的故事流传。精心的信任和感情，就是不花钱的心理医生。友谊是一种像水一般互相流动的物质。这一次你给予了我，下一次我给予你。

我说，明白你的意思了，让我们倾听对方心中的灰姑娘。

分手的时候，她对我说，肝胆相照温暖亲切的谈心遵循着一条美好的定律。那就是——和朋友分享：

快乐是传染的，起码可以加倍。

痛苦是隔绝的，至少可以减半。

　　和果的对话，非常轻松。她像是一架话语永动机，不待你发问，就把你想知道的问题都说了出来，比你预计的更要清晰明白。

　　你说，中国汉字里，使用频率最高的偏旁部首是哪个？这是果对我说的第一句话。

　　果的身份是一家中外合资的商场董事长，雇用着外方的总经理，一言九鼎，威名赫赫。在果的那座身披玻璃幕墙、金碧辉煌玲珑剔透的大厦里浏览时，不由自主地会想象它的最高领导人可能是位女王。但此刻的果，安静而有学究气，好像是在大学的小组讨论会上。

　　我不好意思地说，别看天天和字打交道，还真没这个研究。

　　可能是"提手"旁吧。记得学《诗经》的时候，老师曾说过，那时诗里就有数十个有关手的动词。

再说我们这个民族是崇尚行动尊重实干的，"提手"应该最多。我回答。

错。字典里，"口"字旁和"言"字旁的字加起来，构成了中国汉字部首类里最庞大的家族。果非常肯定地说。

这证明，说话是人生中非常重要的一件事，我们的古人早就发现了这条真理，所以才创造出这么多形容说话的词语。在科学不发达的古代，"说"都傲视群雄，到了现代，信息大爆炸，说话就更具有了凌驾一切的力量。

我说的"说话"，是一个广义的概念，包括文字。更宽泛地讲，等同信息之意。比如我们两个坐在这里说话，就是传达彼此隔膜的信息。美国总统在派出特使执行重要公务的时候，最后一个程序就是两人促膝交谈，以便让特使最大限度地正确把握总统的思想……这说明谈话是多么要紧的事情。

我热爱谈话。果一字一句地说。

我有些吃惊，虽然我不拒绝谈话，但好像还是第一次听到热爱谈话。果不理会我的惊讶，按照自己的思路侃侃而谈。

一般来说，服从性强地位比较低下的人，多半意识不到谈话的重要性，因为他更多的是一个执行者，别人说什么，他跟着做就是了，语言好像是多余的。在中国的传统文化里，特别强调"君子讷于言而敏于行"，我觉得那是一种上智下愚的思想残余。你若是想让自己智慧起来，并表达这种智慧，让自己的智慧影响更多的人，你必须学会发展、整理、沟通萌芽状态的思想，最简便易行、行之有效的方法就是说话。

我给你举一个例子，商场合资以后，外方有许多新的措施，大多数是干了几十年老商业的人，闻所未闻的招数，很多人接受不了。我就把所有中层以上的干部用车拉到一处风景胜地，有美丽的草坪和湖水。我在草坪的中央摆起三张桌子，下面聚了一帮身强力壮的小伙子。大家不知我什么意思，说董事长是不是要我们耍杂技啊？我爬上桌子，站在上面，对大家说，现在，我要背对着大家头朝下地栽下去，下面的警卫战士会接住我……高度只有两米多，接应绝无问题，现在你们看着我操作……

说完以后，我就义无反顾地一个倒栽葱折了下来，战士把我接住，一切正常。我对大家说，现在，每个人把我刚才的动作重复一遍吧。

最先走上桌子的，是我方的副总，他年纪比较大了，腿脚哆嗦，求告我说，我老胳膊老腿的，就免了吧。要不你就撤掉一张桌子，把高度降点。再不然，我脸朝前往下跳，眼睛看着下面，万一出点纰漏，我还能有个自卫动作。千万别让我后脑勺对着地，行不行啊？

我说，不成。这项操作是安全的，我已经亲身试验了几十次，绝无问题。它就像我们商场就要施行的改革措施，是有把握的。我们不能因为自己以前没有尝试过，就没有勇气去实践。现在我决定，凡是有魄力从这几张桌子上背着身子跳下来的人，就继续留在商场工作。其他的人，请自动离开。

我把话说到这个份儿上，副总还真是好样的，眼一闭，就栽了下来，挺顺利的。后面的人大多数很勇敢，也有个别的，战战兢兢老半天，紫涨着脸总是没动作。我就平静地对他说，你也不必勉强自己，我们马上要进行的改革力度很大，你连这种确有把握的事都做不了，何谈其他？留下来合作是不会愉快的……这次草坪会议以后，那些因循守旧的人走了，改革就大刀阔斧地进行了。

有一个青工，与顾客争吵，还扇了对方一个大嘴巴，我当然不能放过，给了他降级处分和罚款。他不服，扬言要杀我。一天，他举着个沉重的泡沫灭火器，像抡着火药筒，在商场里乱窜，说要灭掉我。大伙都劝我赶快躲躲，说这种亡命徒什么事都干得出来。我说，把他请到我办公室来，我要和他好好谈谈。大家说你就不怕出事？我说，我一个当领导的，被这样的事吓住，以后就没法工作了，这才是最大的事呢！

那个青工来了，把灭火器立在我的写字台上，说你不怕死在这屋里？我说，你杀了我，你不值啊！他惊奇道，你是大名鼎鼎的董事长，我不过是小小老百姓，你的命比我值钱多了。我说你听我算一笔账。我是董事长，不管你的事，我也照常拿我的那份钱，可见我要处分你，是为了钱以外的东西。我明知你要杀我，还把你叫到我的办公室来，并且把左右的人都打发开了，你要动手，现在就是绝好的机会，这说明我不怕死。一个人不为钱不怕死，按你的分析，就一定是为了名了。我死在你的灭火器下，成了当然的烈士，登报扬名，万人瞻仰，后代光荣，那是不必说的了。

而你是杀人凶手，万人唾骂，将被处以极刑，父母家人跟着受连累，也是千真万确的事情。你本是恨我，反倒成全了我，你考虑考虑，是不是不划算啊？

再者，我判断你不是真心要杀我。真要杀人，为了保证成功率，自然是要被杀的人毫无警觉才好，这就是兵法上的出其不意，攻其不备。像你这样嚷嚷得满天下知晓，哪里是要杀人，不过是恫吓。当然我不排除你的铤而走险，但主要是想把我吓得收回成命，恢复你原有的级别，不罚你，你骨子里想的是尊严和钱的问题。爱面子想挣钱，这是好愿望。只要努力工作，在一个奖惩严明效益优异的商场，机会有的是。但钱和光荣不是从天上掉下来的，是顾客送给我们的。你把顾客打走了，砸了大家的饭碗，却还要抢着和大家吃一样多的饭，那就连乞讨都不如。如果你想挣更多的钱，你必须干得比别人更好，这才是正道。

青工长久地说不出话来，过了半天才吭吭哧哧地说，如果我干得好呢……我说，你放心，罚得严厉，奖得必也豪气，希望有一天，还是在这间办公室，我把精神奖励和物质奖励一道交到你手里。

当那个青工耷拉着头，抱着灭火器从我的办公室走掉以后，竖着耳朵倾听这屋里动静的人们纷纷跑出来说，董事长，您靠什么化干戈为玉帛？他一路吵嚷，怎么进了你的房门就一声不吭？是不是您会一手美人拳，点了他的哑穴？我说，靠舌头，靠说话啊。世上无数的流血事件，因为误会而生。错误、失误的"误"，偏旁是"言"而不是

"心"，很多时候是话没有说到点子上，心灵因此隔膜。

最困难的谈话是和外方总经理。圣诞节快到了，这些年西风东渐，国人也慢慢重视起这个洋节来。商场的舶来品较多，年底成了销售的黄金季节。恰在此时，那老外递上一纸报告，说要回欧洲与家人团聚，共度圣诞。我毫不迟疑地回答他：NO！老外拿来一册他们国家出的日历，指着12月25日的红色数字说，这是法定假日，如果不让他休假，就是侵犯人权，他要控告我。

我说，那在你的国家里，是否到了圣诞节，所有的商家一律关门大吉，回家围着圣诞树跳舞？这回轮到他连连说NO了，告诉我圣诞节是一年当中最大的销售高峰，有许多促销的手段要实施。我说，那您为什么要从工作岗位上向后转呢？老外回答，因为这是在中国，你们与这个世界性的节日无缘，商厦由中国人单独上班就行了。

我拿出一本中国出的挂历，指着一个日子对他说，您知道这是什么日子吗？老外看了半天，直把浅蓝色的眼珠瞪成了深蓝，也没弄明白，喃喃地说，它靠近情人节的日期，但我真的不明白它有什么独特的意义。我说，先生，请您清醒地记住它。因为在这个日子和它之后的四天里，您将单独在这座数万平方米的商厦里值班售货……

外方总经理急白了脸，说，果董事长，你就是报复我，也不能用商厦的利益做筹码。整整五天，你知道它是什么概念吗？无论对你还是对我的国家来说，那都是成吨的金钱啊！我说，尊敬的先生，让我告诉你，那个日子是中国的春节，中华民族最重要的节日。按照您的逻辑，商厦里所有的中国人都应该回家休假包饺子，否则就是侵犯人权。当然应该由您这样的外国人单独上班了。至于利润，让它见鬼去吧！

老外哭笑不得，只得答应坚守岗位。他对我说的最后一句话是，你知道我是谁？你是否把我当成了你们的共产党？我回答他，我当然知道你是谁。你是总经理，是受雇于董事长的，你很明智地表示服从，这很好。如果你执意不肯，我就要行使命令权或是罢免权了。顺便说一句，要是共产党员遇到这种事，我一句话都不必说，他们知道自己该怎样办。

果的故事，一个个说下去，每一个都很有趣，只是她的声音渐渐嘶哑。我说，休息一下吧。果说，说话就是调整脑筋，一个原本不很清晰的概念，在你描述它的过程当中，它就像花瓣一样盛开了，散发出芳香。有质量的说话当然很累，因为它是思想的结晶，我认识一位著名的戏剧演员，平时很少吭声，口渴了，也只是写一个"水"字的纸条递给别人，就是为了把胸中之气积攒起来，到了舞台上音韵洪亮直冲霄汉绕梁三日。

我说，有一句古话：日言百句，其气自伤。

如果说，生命的过程就像是一盘磁带，录满我们每个人的话语，若生命结束的时候，听到自己一生所说过的话，有用的比没有用的多，那就是无悔的人生了。

记得当年学医时，一天，药理学教授讲起某种新抗菌药的机理，说它的作用是使细菌壁的代谢发生障碍，细菌因此凋亡。细菌壁消失了，想想，多吓人的事情。好似兽皮没了，骨和肉融成一锅粥，破破烂烂黏黏糊糊，自身已不保，当然谈不到再妨害他人。可见，外壳，也就是界限，是非常重要的。如果丧失了界限，那么，这种生物的生存和发展也就处于极大的危机中了。

教授讲的是低等生物，高等生物又何尝不是如此。界限这种东西，是古老和神奇的。动物会用气味笼罩自己的势力范围。没有现成的界桩，就会用自己的尿标出领地。界限也是富有权威和统治力的。国与国之间如果界限不清，就孕育着战争。人与人之间如果界限不清，就潜藏着冲突。账目不清，是会计的犯罪；扯皮推诿，是官员的渎职。清晰的界限，象征着健康和尊严。什么叫一个新生命的诞生？就是从融合中分离，在混沌中撕裂出了一个完全独立的个体，建起崭新的界限体系。人与人的界限如果消失了，那么人的特立独行和思索也同时丧失，随之而来的是精神的麻木和思维的蒙昧。

外壳之外，是彼此间的距离。在欧美的礼仪书里，特别注明人与人之间的最低社交安全距离是十七英寸。这个标准，也要入境随俗。比如咱的公交汽车，正值上下班高峰，小伙的前心贴着姑娘的后背，别说十七英寸，就连一点七英寸也保证不了。只有见怪不惊，理解万岁。可见界限这个东西，是有弹性的。

身体需要界限，心理何尝不是如此，特别是夫妻。无论何时，都不可消融了自我的界限。无论怎样情投意合，终是不同的个体，不可能完全一致。如果真是完全一致了，天天和一个镜子里的自我如影随形，岂不烦死。

界限有一个奇怪的定律——拉近的时候很容易，分开的时候很艰难。倘若你能灵活地把握一个度，在这个区域里，旗帜飞扬如鱼得水，那么，你和对方都是惬意和自由的。假如你轻率地采取了不断缩小距离的趋势，那么用不了多久，双方不可扼制地融为一体。之后，在短暂的极度的快意之后，无所不在的矛盾一定披着黑袍子，敲响门窗紧闭的爱情小屋。界限复活了，如同蔓草在各个角落疯长，分裂的纹路穿插迁回，顽强地伸直自己的触角。球队结束了休息，下半场比赛的口哨重新吹响。物极必反说的就是这个道理，不管你记不记得它，它可忘不了你。界限一旦残破了，恰似古代的丝裙，修补起来格外困难，需极细的丝线极好的耐心极长的时间。

人是感伤和怀旧的动物。人们较能接受迅速拉近的距离，却无法忍耐在一度天衣无缝的密切结合之后，渐行渐远。通常会痛楚狭隘地把这种分离，理解为爱恋的稀薄和情感的危机。所以，当你忘情地飞速消弭彼此界限的时候，已把易燃易爆的危险品，裹挟进了情感列车。

为你的心理定一个安全的界限吧，也许是一点七寸也许是二点七尺，人和人不一样，不必攀比。在这个界限里，睡着你的秘密，醒着你的自由。它的篱笆结实而疏朗，有清风徐徐穿过。在修筑你的界限的同时，也深刻地尊重你的伴侣的界限。两座花坛在太阳下开放着不同的花朵，花香在空气中汇为宽带。不要把土壤连在一起，不要一时兴起拔出你的界桩。甚至不要尝试，每一次尝试都会付出代价。不要以为零距离才是极致，它更像一个开放罂粟的井口。如果你一时把持不住自己，想想药理学教授的话吧。我猜你一定不愿你的婚姻成为一摊融化的细菌。

　　惊奇，是天性的一种流露。

　　生命的第一瞬就是惊奇。我们周围的世界，为什么由黑暗变得明朗？周围为什么由水变成了气？温度为什么由温暖变得清凉？外界的声音为何如此响亮？那个不断俯视我们亲吻我们的女人是谁？

　　……

　　从此我们在惊奇中成长。

　　这个世界上，有多少值得惊奇的事情啊。苹果为什么落地，流星为什么下雨，人为什么兵戎相见，史为什么世代更迭……

　　孩子大睁着纯洁的双眼，面对着未知的世界，不断地惊奇着，探索着，在惊奇中渐渐长大。

　　惊奇是幼稚的特权，惊奇是一张白纸。

　　但人是不可以总是惊奇着的。在生命的某一个时辰，你突然因为你的惊奇，遭逢尴尬与嘲笑。你惊奇地发现——惊奇在更多的时候，是稚弱的表现，是少见多怪的代名词，是一种原始蛮荒的状态。

对于我们这个崇尚见怪不怪其怪自败尊重老练成熟的民族心理，惊奇是如胎发一般的标志。

你想成功吗？你首先须成功地把自己的惊奇掩盖起来。

我们的词典里，印着许多诸如"处变不惊""宠辱不惊"的词汇，使"不惊"镀着大将风度的金辉，而"惊"则屈于永久的贬义。翻那词典，后面更有了"惊慌失措""大惊失色""惊恐万状"的形容，"惊"堕落着，简直就是怯懦、退缩、畏葸的同义词了。

于是人们开始厌恶惊奇。你想做大事吗？一个必备的基本功，就是训练自己丧失惊奇。

你看到爱情远不是传说中那般纯洁，你不要惊奇。

你看到生活远没有书本上描写的那么美好，你不要惊奇。

你看到友谊根本不是故事中那般忠诚，你不要惊奇。

你看到日子绝不如想象中那般绚烂，你不要惊奇……

如果你惊奇了，你就违反了一条透明的规则，会遭到别人阳光下或是暗影里的嘲笑：这个孩子还嫩着呢。

你在一次次碰壁后醒悟到：即使你对这个世界还一知半解，你还搞不清问题的全部，但有一点你现在就能做到——那就是——埋葬你的惊奇。

你看到丑恶，假装没有看到，依旧面不改色谈笑风生，人们就会送你人情练达的评价。你听到秽闻，仿佛在那一刻患了突发性的耳聋，脸上毫无表情，人们会感觉你干练世故可以信赖。你被美丽美好美妙的景色感动，只可以默默地藏在心底，脸上切不可露出少见多怪的惊异，人们就会以为你少年老成，有大谋略大气魄，是可做将帅的优良材料。你碰到可歌可泣的人间至情，要把心肠练得硬如钻石，脸不变色心不跳。就算真搅得肝肠寸断，只可夜晚躲在无人处暗自咀嚼，切不可叫人觑了去，落得个柔情寡断的罪名……

现代社会是一只飞速旋转的风火轮，把无数信息强行灌输给我们。见多不怪，我们的心灵渐渐在震颤中麻痹，更不消说有意识地掩饰我们的惊讶，会更猛烈地加速心灵粗糙。在纷繁的灯红酒绿和人为的打磨中，我们必将极快地丧失掉惊奇的本能。

于是我们看到太多矜持的面孔。我们遭遇无数微笑后面的冷淡。我们把惊奇视作一种性格缺憾，我们以为永不惊讶才是人生的至高境界。

细细分析起来，"惊奇"是由两部分组成的，先有了"惊"，其次才是"奇"。如果说"惊"属于一种对陌生事物认识局限的愕然，"奇"则是对未知事物积极探讨的萌芽了。

否认了"惊"就扼杀了它的同胞兄弟。我们将在无意之中，失去众多丰富自己的机遇。

假如牛顿不惊奇，他也许就把那个包裹着真理的金苹果，吃到自己的小肚子里面了。人类与伟大的万有引力相逢，也许还要迟滞很多年。

假如瓦特不惊奇，水壶盖"噗噗"响着，一个划时代的发现，就蒸发到厨房的空气中了。我们的蒸汽火车头，也许还要在牛车漫长的辙道里蹒跚亿万公里。

即使对普通人来说，掩盖惊奇，也易闹笑话。一位乡下朋友，第一次住进城里的宾馆。面对盥洗室里那些式样别致的洁具，他想不通，人洗一个脸，何至于要如此麻烦。他不会使用这些物件，本来请教一下服务小姐，也就迎刃而解了。可是他不想暴露自己的惊奇，就用地上一个雪白的盛着半盆水的瓷器，洗了脸。后来他才知道，那是马桶。

这当然是一个极端的例子了。我之所以把它写在这里，绝无幸灾乐祸之意。现代社会令人眼花缭乱，每个人在某种意义上说，都是孤陋寡闻的。你在你的行业里是专家里手，在其他领域，完全可能是白痴。这不是羞愧的事情，坦率地流露惊奇，表示自己对这一方面的无知以及求知的探索，是一种可嘉的勇气。

我认识一位老人，一天兴致勃勃地同我探讨电脑的种种输入方法。他整整八十二岁了，肾脏功能已经衰竭，我坚信他这一辈子也不可能在电脑键盘上敲出一个字。他在自己的专业范畴里，是一位德高望重的长者，但对电脑的理解多有谬误，就连我这个二把刀也听出了许多破绽。但是老人家充满探索之光的惊奇的眼神，却在这一瞬像探照灯一样扫过我的灵魂。面对他青筋暴突微微颤抖的手，我想，不知我这一生可否活得这样高寿？不论我生命的历程有多长，我一定要记得这目光炯炯的惊奇，学习他对世界的这份挚爱。绝不仅仅沉浸在熟悉的航道，始终保持对辽阔海域的探索，直到我最后一次呼吸。

惊奇是一种天然，而不是制造出来的。它是真情实感的火花。一块滚圆的鹅卵石，便不再会惊讶江河的波涛。惊奇蕴含着奋进的活力。

惊奇不仅仅是幼稚，惊奇不仅仅是无知，惊奇是在它们基础上的深化和挺进。

你既然惊奇了，你就要探索这奥妙。

你既然惊奇了，你就不能仅仅止于惊奇。爱好惊奇的人，也须将惊奇转化为平凡。消灭惊奇的过程，也就是学习的过程，惊奇在熟悉中淡化，才干在惊奇中成长。

世界是没有止境的，惊奇也是没有止境的。惊奇是流动的水，它使我们的思想翻滚着，散发着清新，抗拒着腐烂。

在城市里待得久了，会使我们丧失惊奇的本能。我们鳝一样滑行着，浑身沾满市侩的黏液。

到自然中去，造化永远给我们以大惊喜。和寥廓的宇宙相比，个人的得失是怎样的微不足道啊。不要小看山水的洗涤，假如真正同天地对一次话，我们定会惊奇自己重新获得活力。

如果无法到自然中去，就同与自己没有利害关系的从小一起长大的朋友，做一次促膝的谈心。利害关系这件事，实在是交友的大敌。我不相信有永久的利益，我更珍视患难与共的友谊。长留史册的，不是锱铢必较的利益，而是肝胆相照的情分。和朋友坦诚地交往，会使我们留存着对真情的敏感，会使我们的眼睛抹去云翳，心境重新开朗，惊奇就在这清明的心境中，翩翩来临了。

假如既没有自然可以依傍，又没有朋友可以信赖，真是人生的大憾事。只有在静夜中同自己对话，回忆那些经历中最美好的片段，温习曾经使心灵震撼的镜头。它也许是很小的一朵旷野花，也许是冬天的一盏红灯笼，也许是苍茫的大漠暮色，也许是雄浑激荡的乐曲……总之那是独属于你的一份秘密，只有你才知道它对于你的惊奇的意义。古语说：学而时习之，不亦说乎。复习以往我们情感中最精彩的片段，常常会使我们整旧如新。

保持惊奇，我常常这样对自己说。它是一眼永不干涸的温泉，会有汩汩的对于世界的热爱，蒸腾而起，滋润着我们的心灵。

"重要他人"是一个心理学名词，意思是在一个人心理和人格形成的过程中，起过巨大的影响甚至是决定性作用的人物。

"重要他人"可能是我们的父母长辈，或者是兄弟姐妹，也可能是我们的老师，抑或是萍水相逢的路人。童年的记忆遵循着非常玄妙神秘的规律，你着意要记住的事情和人物，很可能湮没在岁月的灰烬中，但某些特定的人和事，却挥之不去，影响我们的一生。如果你不把它们寻找出来，并加以重新的认识和把握，它们就可能像一道符咒，在下意识的海洋中潜伏着，影响潮流和季风的走向。你的某些性格和反应模式，由于"重要他人"的影响，而被打上了深深的烙印。

这段话有点拗口，还是讲个故事吧。故事的主人公是我和我的"重要他人"。

她是我的音乐老师，那时很年轻，梳着长长的大辫子，有两个漏斗一样深的酒窝，笑起来十分清丽。当然，她生气的时候酒窝隐没，脸绷得像一块苏打饼干，木板样干燥，很是严厉。那时我大约十一岁，个子很高，是大队委员，也算个孩子里的小官，有很强的自尊心和虚荣心。

　　学校组织"红五月"歌咏比赛，要到中心小学参赛，校长很重视，希望歌咏队能拿个好名次，为校争光。最被看好的是男女小合唱，音乐老师亲任指挥。每天下午集中合唱队的同学们刻苦练习。我很荣幸被选中，每天放学后，在同学们羡慕的眼光中，走到音乐教室，引吭高歌。

　　有一天练歌的时候，长辫子的音乐老师突然把指挥棒一丢，一个箭步从台上跳下来，东瞄西看。大家不知所以，齐刷刷闭了嘴。她不耐烦地说，都看着我干什么？唱！该唱什么唱什么，大声唱！说完，她侧着耳朵，走到队伍里，歪着脖子听我们唱歌。大家一看老师这么重视，唱得就格外起劲。

　　长辫子老师铁青着脸转了一圈儿，最后走到我面前，做了一个停止的手势，整个队伍瞬间安静下来。她叉着腰，一字一顿地说，我在指挥台上总听到一个人跑调儿，不知是谁。我走下来一个人一个人地听，总算找出来了，原来就是你！一颗老鼠屎坏了一锅汤！现在，我把你除名了！

　　我木木地站在那里，无法接受这突如其来的打击。刚才老师在我身旁停留得格外久，我还以为她欣赏我的歌喉，唱得分外起劲，不想却被抓了个"现行"。我灰溜溜地挪出了队伍，羞愧难当地走出教室。

那时的我，基本上还算是一个没心没肺的女生，既然被罚下场，就自认倒霉吧。我一个人跑到操场，找了个篮球练起来，给自己宽心道，咳，不要我唱歌就算了，反正我以后也不打算当女高音歌唱家。还不如练练球，出一身臭汗，自己闹个筋骨舒坦呢（咳！小小年纪，已经学会了中国小老百姓传统的精神胜利法）！这样想着，幼稚而好胜的心也就渐渐平和下来。

三天后，我正在操场上练球，小合唱队的一个女生气喘吁吁地跑来说，原来你在这里！音乐老师到处找你呢！

我奇怪地说，找我干什么？

那女生说，好像要让你重新回队里练歌呢！

我挺纳闷，不是说我走调厉害，不要我了吗？怎么老师又改变主意了？对了，一定是老师思来想去，觉得还可用。从操场到音乐教室那几分钟路程，我内心充满了幸福和憧憬，好像一个被发配的清官又被皇帝从边关召回来委以重任，要高呼"老师圣明"了（正是瞎翻小说，胡乱联想的年纪）。走到音乐教室，我看到的是挂着冰霜的"苏打饼干"。长辫子老师不耐烦地说，你小小年纪，怎么就长了这么高的个子？

我听出话中的谴责之意，不由自主就弓了脖子塌了腰。从此这个姿势贯穿了我整个少年和青年时代，总是略显驼背。

老师的怒气显然还没发泄完，她说，你个子这么高，唱歌的时候得站在队列中间，你跑调儿了，我还得让另外一个男生也下去，声部才平衡。人家招谁惹谁了？全叫你连累的，上不了场！

我深深低下了头，本来以为只是自己的事，此刻才知道还把一个无辜者拉下水，实在无地自容。长辫子老师继续数落，小合唱本来就没有几个人，队伍一下子短了半截，这还怎么唱？现找这么高个子的女生，合上大家的节奏，哪那么容易？现在，只剩下最后一个法子了……

老师看着我，我也抬起头，重燃希望。我猜到了老师下一步的策略，即便她再不愿意，也会收我归队。我当即下决心要把跑了的调儿扳回来，做一个合格的小合唱队队员！

我眼巴巴地看着长辫子老师，队员们也围了过来，在一起练了很长时间的歌，彼此都有了感情。我这个大嗓门儿走了，那个男生也走了，音色轻弱了不少，大家也都欢迎我们归来。

长辫子老师站起来，脸绷得好似新纳好的鞋底。她说，你听好，你人可以回到队伍里，但要记住，从现在开始，你只能干张嘴，绝不可以发出任何声音！说完，她还害怕我领会不到位，伸出修长的食指，笔直地挡在我的嘴唇间。

我好半天才明白了长辫子老师的禁令——让我仿佛一个只张嘴不出声的木头人。泪水憋在眼眶里打转，却不敢流出来。我没有勇气对长辫子老师说，如果做傀儡，我就退出小合唱队。在无言的委屈中，我默默地站到了队伍中，从此随着器乐的节奏，口形翕动，却不得发出任何声音。长辫子老师还是不放心，只要一听到不和谐音，锥子般的目光第一个就刺到我身上……

小合唱队在"红五月"歌咏比赛中拿下很好的名次，只是我从此遗下再不能唱歌的毛病。毕业的时候，音乐考试要每个学生唱一支歌，但我根本发不出自己的声音。音乐老师已经换人，并不知道这段往事，她很奇怪，说，我听你讲话，嗓子一点毛病也没有，怎么就不能唱歌呢？如果你坚持不唱歌，你这一门没有分数，你不能毕业。

我含着泪说，我知道。老师，不是我不想唱，是我真的唱不出来。老师看我着急成那样，料我不是成心捣乱，只好特地出了一张有关乐理的卷子给我，我全答对了，才算有了这门课的分数。

后来，我报考北京外语学院附中，口试的时候，又有一项考唱歌。我非常决绝地对主考官说，我不会唱歌。那位学究气的老先生很奇怪，问，你连《学习雷锋好榜样》也不会？那时候，全中国的人都会唱这首歌，我要是连这也不会，简直就是白痴。但我依然很肯定地对他说，我不唱。主考官说，我看你胳膊上戴着三道杠，是个学生干部，你怎么能不会？当时我心里想，我豁出去不考这所学校了，说什么也不唱。我说，我可以把这首歌歌词默写出来，如果一定要测验我，就请把纸笔找来。那老人居然真的去找纸笔了……我抱定了被淘汰出局的决心，拖延时间不肯唱歌，和那群严谨的考官们周旋争执，弄得他们束手无策。没想到发榜时，他们还是录取了我。也许是我一通胡搅蛮缠，使考官们觉得这孩子没准以后是个谈判的人才吧。入学之后，我迫不及待地问同学们，你们都唱歌了吗？大家都说，唱了啊，这有什么难的。我可能是那一年北外附中录取新生中唯一没有唱歌的孩子。

在那以后几十年的岁月中，长辫子老师那竖起的食指，如同一道符咒，锁住了我的咽喉。禁令铺张蔓延，到了凡是需要用嗓子的时候，我就忐忑不安，逃避退缩。我不单再也没有唱过歌，就连当众发言演讲和出席会议做必要的发言，都会在内心深处引发剧烈的恐慌。我能躲则躲，找出种种理由推托搪塞。会场上，眼看要轮到自己发言了，我会找借口上洗手间溜出去，招致怎样的后果和眼光，也完全顾不上了。有人以为这是我的倨傲和轻慢，甚至是失礼。只有我自己才知道，是内心深处不可言喻的恐惧和哀痛在作祟。

直到有一天，我在做"谁是你的重要他人"这个游戏时，写下了一系列对我有重要影响的人物之后，脑海中不由自主地浮现出了长辫子音乐老师那有着美丽的酒窝却像铁板一样森严的面颊，一阵战栗滚过心头。于是我知道了，她是我的"重要他人"。虽然我已忘却了她的名字，虽然今天的我以一个成人的智力，已能明白她当时的用意和苦衷，但我无法抹去她在一个少年心中留下的惨痛记忆。烙红的伤痕直到数十年后依然冒着焦煳的青烟。

弗洛伊德精神分析学派认为，"重要他人"的伤害，即使在那些被精心照料的儿童心里，也会留下创伤。因为按照儿童智力发展的规律，当他们幼小的时候，不能够完全明辨所有的事情，以为那都是自己的错。

孩子的成长，首先是从父母的瞳孔中确认自己的存在。他们稚弱，还没有独立认识世界的能力。如同发育时期的钙和鱼肝油会进入骨骼一样，"重要他人"的影子也会进入儿童的心理年轮。"重要他人"说过的话，做过的事，他们的喜怒哀乐和行为方式，会以一种近乎魔法的力量，种植在我们心灵最隐秘的地方，生根发芽。

在我们身上，一定会有"重要他人"的影子。

美国有一位著名的电视主持人，叫作奥普拉·温弗瑞。2003年，她登上了《福布斯》身价超过十亿美元的"富豪排行榜"，成为黑人女性获得巨大成功的代表。

父母没有结婚就生下了她，她从小住的房子连水管都没有。一天，温弗瑞正躲在屋角读书，母亲从外面走进来，一把夺过她手中的书，破口大骂道，你这个没用的书呆子，把你的屁股挪到外面去！你真的以为你有什么了不起？你这个白痴！

温弗瑞九岁就被表兄强奸，十四岁怀了身孕，孩子出生后就死了。温弗瑞自暴自弃，开始吸毒，然后又暴饮暴食，吃成了一个大胖子，还曾试图自杀。那时，没有人对她抱有希望，包括她自己。就在这时，她的生父对她说：

有些人让事情发生，

有些人看着事情发生，

有些人连发生了什么都不知道。

极度空虚的温弗瑞开始挣扎奋起，她想知道自己的生命中究竟有些什么样的事情会发生。她要顽强地去做"让事情发生的人"。大学毕业之后，她获得了一个电视台主持人的职位，1984年，她开始主持《芝加哥早晨》，大获成功，在很短的时间里成为全美国收视率最高的节目。她开始发动全国范围内的读书节目，她对书的热爱和她的影响力，改变了很多书的命运。只要她在自己的脱口秀节目里对哪本书给予好评，那本书的销量就会节节攀升。

温弗瑞成立了自己的公司，创办了畅销杂志，还参股网络公司。她乐善好施的名声和她的节目一样响亮。她每年都把自己收入的百分之十用于慈善捐助。温弗瑞亲手推动了太多的事情发生！她认为这主要来源于父亲的那一句话。

如果让温弗瑞写下她的"重要他人"，温弗瑞的父亲一定是首选。他不但给了温弗瑞生命，而且给予了她灵魂。温弗瑞的母亲也算一个。她以精神暴力践踏了幼小的温弗瑞对书籍的热爱，潜藏的愤怒在蛰伏多年之后变成了不竭的动力，使成年以后的温弗瑞，以极大的热情投入到和书籍有关的创造性劳动之中，不但自己读了大量的书，还不遗余力地把好书推荐给更多的人。那个侮辱侵犯了温弗瑞的表哥，也要算作她的"重要他人"，他直接导致了温弗瑞的巨大痛苦和放任自流，也在很多年后，主导了温弗瑞执掌财富之后，把大量的款项用于慈善事业，特别是援助儿童和黑人少女。

看，"重要他人"就是如此影响个人的生活和命运。

美国通用电气公司的CEO杰克·韦尔奇，被誉为全球第一CEO。在短短二十年里，韦尔奇使通用电气的市值增加了三十多倍，达到了四千五百亿美元，排名从世界第十位上升到了第二位。韦尔奇说，母亲给他的最伟大的礼物就是自信心。韦尔奇从小就口吃，就是平常所说的"结巴"。在大学读书的时候，每逢星期五，天主教徒是不准吃肉的，所以在学校的餐厅里，韦尔奇经常会点一份烤面包夹金枪鱼。奇怪的是，女服务员端上来的都是两份。为什么呢？因为韦尔奇结巴，总是把这份食谱的第一个单词重复一遍，服务员就听成了"两份金枪鱼"。

面对这样一个吭吭哧哧的孩子，韦尔奇的母亲居然找出了完美的理由。她对幼小的韦尔奇说："这是因为你太聪明了，没有任何一个人的舌头，可以跟得上你这样聪明的脑袋。"

韦尔奇记住了母亲的这种说法，从未对自己的口吃有过丝毫的忧虑。他十分相信母亲的话，他的大脑比他的舌头转得更快。母亲引导着韦尔奇不断进取，直到他抵达辉煌的顶峰。母亲是韦尔奇的"重要他人"。

再讲一个苹果的故事。正确地说，是两个苹果的故事。一位妈妈有两个孩子，拿出两个苹果。苹果一个大一个小，妈妈让两个孩子自己来挑。大儿子很想要那个大苹果，正想着怎么说才能得到这个苹果，弟弟先开了口，说，我想要大苹果。妈妈呵斥道，你想要大的苹果，你不能说。这个大儿子灵机一动，改口说，我要这个小苹果，大苹果就给弟弟吧。妈妈说，这才是好孩子。于是，妈妈就把小苹果给了小儿子，大儿子反倒得到了又红又大的苹果。大儿子从妈妈这里得到了一条人生的经验：你心里的真心话不可以说，你要把真实掩藏起来。后来，这个大儿子就把从苹果中得到的道理应用于自己的生活，见人只说三分话，耍阴谋使诡计，巧取豪夺，直到有一天把自己送进了监狱。这位成了犯人的大儿子，如果写下自己的"重要他人"，我想他会写下妈妈。

还有一位妈妈，有一个大苹果和三个孩子，也是人人都想得到大苹果。妈妈把苹果拿在手里，说，苹果只有一个，你们兄弟这么多，给谁呢？我把门前的草坪划成了三块，你们每人去修剪一块草坪。谁修剪得又快又好，谁就能得到这个大苹果。众兄弟中的老大得到了大苹果。他从中悟出的生活哲理是——享受要靠辛勤的劳动换取。

这个信念指导着他，直到他最后走进了白宫，成为著名的政治家。如果由他来写下自己的"重要他人"，妈妈也会赫然在目。

看了以上的例子，你是不是对"重要他人"的重要性有了进一步的认识？也许有的人会说，我儿时的记忆早已模糊，可不记得什么他人不他人的了。我现在的所作所为，都是我自己决定的，和其他人没关系。

这个说法有一定的道理，在我们的意识中，很多决定的确是经过仔细思考才做出的。但人是感情动物，情绪常常主导着我们的决定。而情绪是怎样产生的呢？这也和我们与"重要他人"的关系密切相关。

有一位著名的心理学家叫作艾利斯，他认为，人的非理性信念会直接影响一个人的情绪，使他遭受困扰，导致人的很多痛苦。比如，有的人绝对需要获得周围环境的认可，特别是获得每一位"重要他人"的喜爱和赞许，其实这是不可能实现的事。有人就是笃信这个观念，把它奉作真理，千辛万苦，甚至委屈自己来取悦"重要他人"，以后还会扩展到取悦更多的人，甚至所有的人，以得其赞赏。结果呢，达不到目的不说，还令自己沮丧、失望、受挫和被伤害。

传统脑神经学认为，每一种情绪都是经过大脑的分析才做出反应，但近年来，美国的神经科学家却找到了情绪神经传输的通道。通过精确的研究，科学家们发现，有部分原始的信号，是直接从人的丘脑运动中枢发出，引起逃避或是冲动的反应，其速度极快，大脑的分析根本来不及介入。大脑里，有一处记忆情绪经验的地方，叫作杏仁核，它将我们过去遇见事情时的情绪、反应记录下来，好像一个忠实的档案保管员。在以后的岁月中，只要一发生类似事件，杏仁核就会越过大脑的理性分析，直接做出反应。

真是"成也萧何，败也萧何"。杏仁核这支快速反应部队，既帮助我们在危急的时刻成功地缩短应对时间，保全我们的利益，也会在某些时候形成固定的模式，贻误我们的大事。

杏仁核里储存的关于情绪应对的档案资料，不是一时一刻积存的。"重要他人"为什么会对我们产生那么重要的影响，我猜想关于"重要他人"的记忆，是杏仁核档案馆里使用最频繁的卷宗。往事如同拍摄过的底片，储存在暗室，一有适当的药液浸泡，它们就清晰地显影，如同刚刚发生一般，历历在目，相应的对策不经大脑筛选已经完成。

魔法可以被解除。那时你还小，你受了伤，那不是你的错。但你的伤口至今还在流血，你却要自己想法包扎。如果它还像下水道的出口一样嗖嗖地冒着污浊的气味，还对你的今天、明天继续发挥着强烈的影响，那是因为你仍在听之任之。童年的记忆无法改写，但对一个成年人来说，却可以循着"重要他人"这条缆绳，重新梳理我们和"重要他人"的关系，重新审视我们的规则和模式。如果它是合理的，就变成金色的风帆，成为理智的一部分。如果它是晦暗的荆棘，就用成年人有力的双手把它粉碎。这个过程不是一蹴而就，有时自己完成会力不从心，或是吃力和痛苦，还需要借助专业人士的帮助，比如求助于心理咨询师。

也许有人会说，"重要他人"对我的影响是正面的，正因为心中有了他们的身影和鞭策，我才取得了今天的成绩。这个游戏，并不是要把"重要他人"像拔萝卜一样连根揪出来，然后与之决裂。对我们有正面激励作用的"重要他人"，已经成为我们精神结构的一部分。他们的期望和教诲已化成了我们的血脉，我们永远不会丢弃对他们的信任和仁爱。但我们不是活在"重要他人"的目光中，而是活在自己的努力中。无论那些经验和历史多么宝贵，对于我们来说，已是如烟往事。我们是为了自己而活着，并为自己负起全责。

经过处理的惨痛往事，已丧失实际意义上的控制魔力。长辫子老师那句"你不要发出声音"的指令，对今天的我来说，早已没有辖制之功。

即使在最饱含爱意的环境中长大的孩子，也会存有心理的创伤。

寻找我们的"重要他人"，就是抚平这创伤的温暖之手。

当我把这一切想清楚之后，好像有热风从脚底升起，我能清楚地感觉到长久以来禁锢在我咽喉处的冰霜噼噼啪啪地裂开了，一个轻松畅快的我，从符咒之中解放了出来。从那一天开始，我可以唱歌了，也可以面对众人讲话而不胆战心惊了。从那一天开始，我宽恕了我的长辫子老师，并把这段经历讲给其他老师听，希望他们面对孩子稚弱的心灵，该是怎样的谨慎小心。童年时被烙印下的负面情感，是难以简单地用时间的橡皮轻易地擦去。这就是心理治疗的必要所在。和谐的人格不是从天上掉下来的，而是和深刻的内省有关。

告诉缺水的人哪里有水源，告诉寒冷的人哪里有篝火，告诉生病的人哪里有药草，告诉饥饿的人哪里有野果，这些都是天下最好的礼物。

如果让我选出自己最喜欢的游戏，我很可能要把票投给"谁是你的重要他人"。感谢这个游戏，它在某种程度上改变了我的人生。人的创造和毁灭都是由自己完成的，人永远是自己的主人。即使当他在最虚弱最孤独的时候，他也是自己的主人。当他开始反省自己的状况，开始辛勤地寻找自己的生命所依据的法则时，他就变得渐渐平静而快乐了。

我有过若干次讲演的经历，在北大和清华，在军营和监狱，在农村土坯搭建的课堂和美国最奢华的私立学校……面对从医学博士到纽约贫民窟的孩子等各色人群，我都会很直率地谈出对问题的想法。在我的记忆中，有一次的经历非常难忘。

那是一所很有名望的大学，约过我好几次了，说学生们期待和我进行讨论。我一直推辞，我从骨子里不喜欢演说。每逢答应一桩这样的公差，就要莫名地紧张好几天。但学校方面很执着，在第N次邀请的时候说：该校的学生思想之活跃甚至超过了北大，会对演讲者提出极为尖锐的问题，常常让人下不了台，有时演讲者简直是灰溜溜地离开学校。

听他们这样一讲，我的好奇心就被激起来了，我说，我愿意接受挑战。于是，我们就商定了一个日子。

那天，大学的礼堂挤得满满的，当我穿过密密的人群走向讲台的时候，心里涌起怪异的感觉，好像是"文革"期间的批斗会场，我不知道今天将有怎样的场面出现。果然，从我一开始讲话，就不断地有条子递上来，不一会儿，就在手边积成了厚厚一堆，好像深秋时节被清洁工扫起的落叶。我一边讲课，一边充满了猜测，不知树叶中潜伏着怎样的思想炸弹。讲演告一段落，进入回答问题阶段，我迫不及待地打开了堆积如山的纸条，一张张阅读。那一瞬，台下变得死寂，偌大的礼堂仿若空无一人。

我看完了纸条，说，有一些表扬我的话，我就不念了。除此之外，纸条上提得最多的问题是——"人生有什么意义？请你务必说真话，因为我们已经听过太多言不由衷的假话了。"

我念完这个纸条以后，台下响起了掌声。我说你们今天提出这个问题很好，我会讲真话。我在西藏阿里的雪山之上，面对着浩瀚的苍穹和壁立的冰川，如同一个茹毛饮血的原始人，反复地思索过这个问题。我相信，一个人在他年轻的时候，是会无数次地叩问自己——我的一生，到底要追索怎样的意义？

我想了无数个晚上和白天，终于得到了一个答案。今天，在这里，我将非常负责地对大家说，我思索的结果是：人生是没有任何意义的！

我这句话说完，全场出现了短暂的寂静，如同旷野。但是，紧接着，就响起了暴风雨般的掌声。

那是我在讲演中获得的最激烈的掌声。在以前，我从来不相信有什么"暴风雨"般的掌声这种话，觉得那只是一个拙劣的比喻。但这一次，我相信了。我赶快用手做了一个"暂停"的手势，但掌声还是绵延了若干时间。

我说，大家先不要忙着给我鼓掌，我的话还没有说完。我说人生是没有意义的，这不错，但是——我们每一个人要为自己确立一个意义！

是的，关于人生意义的讨论，充斥在我们的周围。很多说法，由于熟悉和重复，已让我们从熟视无睹滑到了厌烦。可是，这不是问题的真谛。真谛是，别人强加给你的意义，无论它多么正确，如果它不曾进入你的心理结构，它就永远是身外之物。比如我们从小就被家长灌输过人生意义的答案。在此后漫长的岁月里，谆谆告诫的老师和各种类型的教育，也都不断地向我们批发人生意义的补充版。但是，有多少人把这种外在的框架，当成了自己内在的标杆，并为之下定了奋斗终生的决心？

那一天结束讲演之后，我听到有同学说，他觉得最大的收获是听到一个活生生的中年人亲口说，人生是没有意义的，你要为之确立一个意义。

其实，不单是中国的青年人在目标这个问题上飘忽不定，就是在美国的著名学府哈佛大学，也有很多人无法在青年时代就确立自己的目标。我看到一则材料，说某年哈佛的毕业生临出校门的时候，校方对他们做了一个有关人生目标的调查。结果是百分之二十七的人，完全没有目标；百分之六十的人目标模糊；百分之十的人有近期目标；只有百分之三的人，有着清晰而长远的目标。

二十五年过去了，那百分之三的人不懈地朝着一个目标坚忍努力，成了社会的精英，而其余的人，成就要相差很多。

我之所以提到这个例子，是想说明在人生目标的确立上面，无论中国还是外国的青年，都遭遇到了相当程度的朦胧或是混沌状态。有人会说，是啊，那又怎么样？我可以一边慢慢成长，一边寻找自己的人生意义啊。我平日也碰到很多青年朋友，诉说他们的种种苦难。我在耐心地听完那些折磨他们的烦心事之后，把他们渴求帮助的目光撇在一旁，我会问，你的人生目标是什么呢？

他们通常会很吃惊，好像怀疑我是否听懂了他们的愁苦，甚至恼怒我为什么对具体的问题视而不见，而盘问他们如此不着边际的空话。更有甚者，以为我根本就没有心思听他们说话，自己胡乱找了个话题来搪塞。

我会迎着他们疑虑的目光，说，请回答我的这个问题，你为什么而活着呢？

年轻人一般会很懊恼地说，这个问题太大了，和我现在遇到的事没有一点关联。我会说，你错了。世上的万物万事都有关联。有人常常以为心理上的事只和单一的外界刺激有关，就事论事，其实心理和人生的大目标有着纲举目张的紧密接触。很多心理问题，实际上都是人生的大目标出现了混乱和偏移。

举个例子。一个小伙子找到我，说他为自己说话很快而苦恼，他交了一个女朋友，感情很好。但女孩子不喜欢他说话太快。一听他口若悬河滔滔不绝地说个没完，女孩就说自己快变成大头娃娃了。还说如果他不改掉这毛病，就不能把他引荐给自己的妈妈，因为老人家最烦的就是说话爱吐唾沫星子的人。

你说我怎么才能改掉说话太快的毛病？他殷切地看着我，闹得我都觉得如果不帮他这个忙，简直就成了毁掉他一生的爱情和事业的凶手。

我说，你为什么要讲话那么快呢？

他说，如果慢了，我怕人家没有耐心听完我的话。您知道，现今的社会，节奏那么快，你讲慢了，人家就跑了。

我说，如果按照你的这个观点发挥下去，社会节奏越来越快，你岂不是就得说绕口令了？你的准丈母娘就不是这样的人啊，她就喜欢说话速度慢一点并且注意礼仪的人啊。

他说，好吧，就算你说的这两种人都可以并存，但我还是觉得说话快一些，比较地占便宜，可以在单位时间内传达更多的信息。

我说，那你的关键就是期待别人能准确地接受你的信息。你以为只有快速发射信息才是唯一的途径。你对自己的观点并不自信。

他说，正是这样。我生怕别人不听我的，我就快快地说，多多地说。

当他这样说完之后，连自己也笑起来。我说，其实别人能否接受我们的观点，语速并不是最重要的。而且，你能告诉我，你为什么这样在意别人是否能接受你的观点？

这个说话很快的男孩突然语塞起来，扭怩着说，我把理想告诉你，你可不要笑话我。

我连连保证绝不泄密，他说，我的理想是当一个政治家。所有的政治家都很雄辩，你说对吧？

我说，咱们这就比较接触到了问题的实质。要当一个政治家，第一要自信。他们的雄辩不是来自速度，而是来自信念。一个自信的人，不论说话快还是慢，他们对自我信念的坚守流露出来，会感染他人。我知道你有如此远大的理想，这很好。你要做的事，不是把话越说越快，而是积攒自己的力量，让自己的信念更加坚定。

那一天的谈话就到此为止。后来，这个男生告诉我，他讲话的速度就慢了下来，也被批准见到了自己的准丈母娘，听说很受欢迎。

这下刚刚解决了一个说话快的问题，紧接着又来了一位女硕士，说自己的心理问题是讲话太慢，周围的人都认为她有很深的城府，不敢和她交朋友，以为在她那些缓慢吐出的话语背后，隐藏着怎样的阴谋。

我试了很多方法，却无法让自己说话快起来，烦死了。她慢吞吞地对我这样说，语速的确有一种压抑人的迟缓，好像在话的背后还隐藏着另一句话。

我看她急迫的神情，知道她非常焦虑。

我说，你讲每一句话是否都要经过慎重的考虑？

她说，是啊。如果不考虑，讲错了话，谁负得了这个责？

我说，你为什么特别怕讲错话？

女硕士说，因为我输不起。我家庭背景不好，家里有犯罪的人，周围的人都看不起我们。我很穷，从小就靠亲戚的施舍才能坚持学业。我生怕一句话说差了，人家不高兴，就不给我学费了。所以，连问一句"你吃了吗"这样中国人最普通的话，我也要三思而后行。我怕人家说，你连自己的饭都吃不饱，也配来问别人吃饭问题。

听到这里，我说我明白了。你觉得自己的每一句话都可能引致他人的误解，给自己造成不良影响。

女硕士连连说，对对，就是这样的。

我笑了，说，你这一句话说得并不慢啊。

她说，那我是相信你不会误会我。

我说，这就对了。你说话速度慢，不是一个技术性的问题，是你不能相信别人。你是否准备一辈子都不相信任何人？如果是这样的话，我断定你的讲话速度是不会改变的。如果你从此相信他人，讲话的速度自然会比较适宜，既不会太慢，也不会太快，而是能收放自如。

那个女生后来果然有了很大的改变，她的人际关系也有了进步。

今天我们从一个很大的目标谈起，结果要在一个很小的地方结束。我想说，一个人的心理是一座斗拱飞檐的宫殿，这座宫殿的基础就是我们对自己人生目标的规划和对世界对他人的基本看法。一些看起来是技术和表面的问题，其实内里都和我们的基本人生观有着千丝万缕的联系。心理问题切不可头痛医头脚痛医脚，那样如同创可贴，只能暂时封住小伤口，却无法从根本上让我们的精神强健起来。

除了蒙面匪，我们向人时都有一副容颜，或姣或陋，此乃上天与父母合谋的奉送。它像一件不是自主选定的商品，无处退换，不论满意与否，都得义无反顾地佩戴下去，还需忍受它的褪色与破旧，直至与身俱灭。虽说整形与美容术，可使某些乏善可陈的相貌，得到部分修理订正，但从根本上讲，我们的脸，都是造化随机奉送的礼物，绝非不喜欢就可轻易扒下，再换一张新品的卡通画片。

然而事情又有些怪异，按说千人千面，绝不雷同，但每逢分手之后，我追忆熟悉的朋友或新结识的诸色人等，他们的脸往往如淋了雨的泥娃娃，五官模糊成团。心屏上浮起的只是一汪暗影，好像柏油路上水渍洇开的油迹，朦胧浮动，难以界定。淡去的眉眼缩略简化成某种符号——亲切或是寒冷的感觉，温馨或是漠然的情致，和谐或是嘈杂的音调。

或许干脆涌出一片颜色：柔润的夕阳红，华贵的荸荠紫，神秘的宇航灰或污浊的狗尾巴黄。更多的时候，一提到某个名字，与之相关的那张具体的脸，仿佛突然被巨型消字灵涂掉，代之一股情绪的云雾，或愉悦或厌倦，弥漫心头。

早先以为自己有残，脑里专管录像的那一部分遭了虫蛀，成了破包袱皮，再也包裹不住有关相貌的记忆。后来年事渐长，与人交流，才知天下有这等恍惚毛病的人颇不少。方明白人的脸，乃是一个变数。

眼光直接注视的时候，对方的眉目自然是清晰的。可惜心灵的感光，基本上是一次成像不保存底片，加上懒散，有形的面容一旦撤离视野，记忆就清理屏幕，大而化之地分门别类，一一归档。人的有形容貌，无法恒久烙下记忆，卷宗收留的只是提炼过的印象。

世上资产，分为有形和无形。无形资产的定义，我以为是指超出物质的实际价值，由于你卓越的努力，在人们心目中形成的信任——简言之，它是你的名字进入他人耳鼓时，呼唤起的一种美好感情。

摈除其中的商业因素，对于人的容颜来说，或可借用这个概念。

脸后有脸。

上天赋予我们的——端正或㖞斜的眉眼，粗糙或光滑的皮肤，颀长或愚笨的身材，完整或残缺的四肢……均是我们有形的容颜。每个人后天创造发展的性格品行能力，属于你的无形容颜。

无形脸有正负之分。一个人只有美丽的外表，却没有相应的内在质量，初次结识时秀丽外形所留下的愉悦印象，犹如沙上之塔，很快便会被残酷的现实潮水，冲刷得千疮百孔。无形容颜的毁灭，像一场精神天花，人际关系一旦被传染，犹如多米诺骨牌訇然倒塌。从此提起你的时候，人们会遗憾甚或恼怒地说，那个人啊，金玉其外，败絮其中。

无形脸不会衰老。只要我们浇灌慧根，磨砺意志，拓展胸臆，它便会从幼年开始，如同花树一般渐渐生长。直至轮廓分明，明眸皓齿，青丝不老，慈眉善目……岁月流逝，沧海桑田，但在欢喜你亲近你的眼光中，你所留下的形象始终如一，引起的感觉永恒温暖。比如远行的双亲，纵是白发苍苍，在儿女们心中，依旧盛年音容，风采卓然。

我们习惯以思为笔，在心灵之纸上勾勒众人容貌。它和古时衙门的"画影图形"不同，与真实的形象已无关联，只对真实的情感负责。无形容貌是想象和判断的产物，摈弃工笔，重在写意。它缥缈着，却比分毫不差的实照，具有更持久更猛烈的魅力。

无形脸可以美丽也可以丑陋，能怒火中烧也能垂头丧气，会神采奕奕也会惨淡无光。无形容颜的营造，也像一门古老的手艺，师傅领进门，修行在个人。如果你背信弃义，无形脸的画布上，就留下贼眉鼠眼的一笔。如果你阿谀奉承，画布上就面色萎黄。如果你恃强凌弱，画布上就口眼㖞斜。如果你居心叵测，画布上就血盆大口。如果你聪慧机警，画布上就眉清目秀伶牙俐齿。如果你襟怀坦荡，画布上就有浩然正气流注天庭。

我们对有形的容颜可以心平气和，随遇而安。对无形的容颜却要惨淡经营，精益求精。有形的容颜可以有疵而不坠青云之志，无形的容颜不能肮脏受伤而无动于衷。

有形的脸可存不完美，无形的脸必得常修炼。

珍惜每个人的无形脸，它是品德签发的通行证。凭着优雅忠诚的无形容颜，我们可以在萍水相逢的一瞬，遭遇千金难买的信任，转危为安。我们可以在旋转的大千世界，找到志同道合的朋友，共赴天涯。

造　心

蜜蜂会造蜂巢。蚂蚁会造蚁穴。人会造房屋，机器，造美丽的艺术品和动听的歌。但是，对于我们最重要最宝贵的东西——自己的心，谁是它的建造者？

孔雀绚丽的羽毛，是大自然物竞天择造出。白杨笔直刺向碧宇，是密集的群体和高远的阳光造出。清香的花草和缤纷的落英，是植物吸引异性繁衍后代的本能造出。卓尔不群坚忍顽强的性格，是禀赋的优异和生活的历练造出。

我们的心，是长久地不知不觉地以自己的双手，塑造而成。

造心先得有材料。有的心是用钢铁造的，沉黑无比。有的心是用冰雪造的，高洁酷寒。有的心是用丝绸造的，柔滑飘逸。有的心是用玻璃造的，晶莹脆薄。有的心是用竹子造的，锋利多刺。有的心是用木头造的，安稳麻木。有的心是用红土造的，粗糙朴素。有的心是用黄连造的，苦楚不堪。有的心是用垃圾造的，面目可憎。有的心是用谎言造的，百孔千疮。有的心是用尸骸造的，腐恶熏天。有的心是用眼镜蛇唾液造的，剧毒凶残。

造心要有手艺。一只灵巧的心，缝制得如同金丝荷包。一罐古朴的心，醇厚得好似百年老酒。一枚机敏的心，感应快捷电光石火。一颗潦草的心，门可罗雀疏可走马。一摊胡乱堆就的心，乏善可陈杂乱无章。一片编织荆棘的心，暗设机关处处陷阱。一道半是细腻半是马虎的心，好似白蚁蛀咬的断堤。一朵绣花枕头内里虚空的心，是假冒伪劣心界的水货。

造心需要时间。少则一分一秒，多则一世一生。片刻而成的大智大勇之心，未必就不玲珑。久拖不决的谨小慎微之心，未必很精致。有的人，小小年纪，就竣工一颗完整坚实之心。有的人，须发皆白，还在心的地基挖土打桩。有的人，半途而废不了了之，把半成品的心扔在荒野。有的人，成百里半九十，丢下不曾结尾的工程。有的人，精雕细刻一辈子，临终还在打磨心的剔透。有的人，粗制滥造一辈子，人未远行，心已灶冷坑灰。

心的边疆，可以造得很大很大。像延展性最好的金箔，铺设整个宇宙，把日月包含。没有一片乌云，可以覆盖心灵辽阔的疆域。没有哪次地震火山，可以彻底颠覆心灵的宏伟建筑。没有任何风暴，可以冻结心灵深处喷涌的温泉。没有某种天灾人祸，可以在秋天，让心的田野颗粒无收。

心的规模，也可能缩得很小很小，只能容纳一个家，一个人，一粒芝麻，一滴病毒。一丝雨，就把它淹没了。一缕风，就把它粉碎了。一句流言，就让它痛不欲生。一个阴谋，就置它万劫不复。

心可以很硬，超过人世间已知的任何一款金属。心可以很软，如泣如诉如绢如帛。心可以很韧，千百次地折损委屈，依旧平整如初。心可以很脆，一个不小心，顿时香消玉碎。

造心的时候，可以有很多讲究和设计。

比如预埋下一处心灵的生长点，像一株植物，具有自动修复、自我养护的神奇功能。心受了创伤，它会挺身而出，引导心的休养生息，在最短的时间内，使心整旧如新。

比如高高竖起心灵的避雷针，以便在危急时刻，将毁灭性的灾难导入地下，耐心等待雨过天晴。

比如添加防震防爆的性能，在心灵遭受短时间高强度的残酷打击下，举重若轻，镇定地维持蓬勃稳定。

比如……

优等的心，不必华丽，但必须坚固。因为人生有太多的压榨和当头一击，会与独行的心灵，在暗夜狭路相逢。如果没有精心的特别设计，简陋的心，很易横遭伤害一蹶不振，也许从此破罐破摔，再无生机。没有自我康复本领的心灵，是不设防的大门。一汪小伤，便漏尽全身膏血。一星火药，烧毁绵延的城堡。

心为血之海，那里会聚着每个人的品格智慧精力情操，心的质量就是人的质量。有一颗仁慈之心，会爱世界爱人爱生活，爱自身也爱大家。有一颗自强之心，会勤学苦练百折不挠，宠辱不惊大智若愚。有一颗尊严之心，会珍惜自然善待万物。有一颗流量充沛羽翼丰满的心，会乘上幻想的航天飞机，抚摸月亮的肩膀。

造心是一项艰难漫长的工程，工期也许耗时一生。通常是母亲的手，在最初心灵的模型上，留下永不消退的指纹。所以普天下为人父母者，要珍视这一份特别庄重的义务与责任。

当以我手塑我心的时候，一定要找好样板，郑重设计，万不可草率行事。造心当然免不了失败，也很可能会推倒重来。不必气馁，但也不可过于大意。因为心灵的本质，是一种缓慢而精细的物体，太多的揉搓，会破坏它的灵性与感动。

造好的心，如同造好的船。当它下水远航时，蓝天在头上飘荡，海鸥在前面飞翔，那是一个神圣的时刻。会有台风，会有巨涛。但一颗美好的心，即使巨轮沉没，它的颗粒也会在海浪中，无畏而快乐地燃烧。

　　街上走着一个扎小鬏髻穿花衬衣的大个子，身材窈窕。我想个子这么高的女孩该去当模特。那人猛一回头，我看到茂盛若草坪的胡子。

　　屋里进来个年轻人，蓝短裤，白T恤，一双运动鞋，头发短得像刺猬。只有波浪起伏的胸部，使我确知她是一个女孩。

　　我看见一位女经理端坐在皮椅上，面前几部电话机像救火车似的此起彼伏鸣叫。她牵着话筒简简短地吐出"是"或"不是"、"好"或"不好"的单音节，清脆得像一枚枚闪亮的图钉，把自己的思维像地图一样明晰地挂在对方的脑海里。间或有几位须眉男子来向她请示工作，虽不敢说他们是唯唯诺诺，形容为毕恭毕敬是一点也不过分的。

　　看到过一位男子汉的眼泪。那是一处豪华的酒店，周围熙熙攘攘，砖红色的果茶黏得像血。他在讲他的抱负——以后做一个议员。这不是一个悲痛的话题，这也不是一个哭泣的环境。我以为女人是很讲究哭的气氛的。在我完全意料不到的时候，男人的泪水像冰雹一般陨落。有棱角的水滴砸在宝蓝色的金利来领带上，发出沉闷的声响。

五十知天命。他已到达了这条智慧的界线。

很久以来我就知道，当买不到合适的女衬衣的时候，不妨到男服柜台转一转。那里是超出想象的花团锦簇呢！

我的一位男性熟人脚小，以前总听他抱怨不得不买童鞋。有一次他神秘地告诉我，现在可好了，可以买女鞋了。我吓了一大跳，说你要穿高跟鞋了，是吗？他说，你一定是好久没到女鞋柜台去了。现如今的女鞋平跟有鞋带，简直跟男鞋一模一样。

男人和女人都穿夹克。男人和女人都围丝巾。运动鞋早就不分男女，紫红色墨绿色甚至明黄——这些以前女人的专用色彩，老爷爷也敢招摇过市。男人能爬上的山，女人也能爬；男人能飞上的天，女人也能飞。除了体育比赛还分男女，性别的界限被一块巨大的橡皮涂抹着，越来越模糊。

于是，我想到了"中性"。

中性是一种物质的属性。碱是一种沉重的苦涩，酸是一种尖锐的疼痛。唯有中性，豁达明朗温和平静。当男人和女人各自强调着自己的性别角色，在混沌之中摸索了许多世纪以后，不约而同地走向了中性。

中性是一种视角。男人和女人就像两只不同的眼睛，隔着鼻子观察这个世界。特定的视角既帮助了他们，又妨碍了他们。在社会这所立体影院里，男人和女人戴着破碎了一只镜片的眼镜，影像模糊，头晕脑涨。中性是一副完整漂亮的新眼镜，它使男人和女人看到的景象真实而统一。

中性是一种语言。男人和女人是各自孤独的国度。要么老死不相往来，要么剑拔弩张兵戎相见。当然这与边界的纠纷、风俗的迥异有关，但言语的不通，实在也是一个极重要的原因。男族操粗犷语，女族操婉细语，就有了许多难以翻译的词汇。中性是性别联合国的世界语，大家再不致发生误会。

中性是一种位置。赤道上太炎热，南极里太寒凉。唯有温带最惬意。太靠左了是悬崖，太靠右了是绝壁，唯有大路中间最安全。太阳底下晃眼，雷雨之中暗淡。唯有月朗风清的傍晚，我们既可眺望遥远的征程，又可欣赏路边的风景。这是一种良好的生存状态。

中性是一种智慧。在有关自身和社会的命题上，男人和女人总是古怪地争论不止。女人耿耿于怀自己是肋骨变的，拼了命要证明自己是脊梁。于是就有了铁姑娘队，以求得同男人的一模一样为荣。丢了肋骨的男人，就成了严格意义上的残疾人（我认为那根肋骨一定是取自左胸——就是心脏的前方），心房裸露着，格外易受伤害。为了防止创伤，男人就装得此处坚强无比，希望对手糊涂，自动不来攻击。而每一个中性的人都是完整的个体，不偏颇不傲慢，不逞一时之勇，不计一地得失。他们的神经像强韧的钢索，弹拨得出美妙的音符，悬挂得起如晦的黑暗。

中性是一种勇气。从远古时代，男人和女人就不断强化着服饰上的区别。如今忽视了外在的标志，就像撕去了货物的商标，更要靠内在的质量说话。性征不再是附丽于颜色、发式的皮毛，而是一种像灯笼一样由内向外渗透的光芒。中性像一片苍茫的背景，使性别的感觉珍珠一般凸显出来，成为魅力的源泉。

中性是一种删削和简化。整个人类返璞归真，男人和女人大踏步地逼近终极的窗口，缩写为大写的人，抽象的人，纯粹的人。

中性并不同于男人能办到的事女人也能办到。后者是风暴中一条小船向另一条巨轮的单方面靠拢。中性是海洋中的灯塔，我们都向那温暖的光明游去，勠力同心，遥相呼应。

中性的实质是对体力差异的忽视。曾几何时，筋骨的强健是无数事物的度量衡标准。生理的差异是男性和女性永不泯灭的性沟。但历史并不是体育纪录的翻版，把男子和女子单独立项。居里夫人名垂史册，不是因为"夫人"，而是因为"镭"。李清照名传千古，不是因为美丽，而是因为"凄凄惨惨戚戚"的哀婉和"死亦为鬼雄"的壮怀。熔炉般的历史是按照宇宙的含金量来品味矿石的价值，而不在意它是圆是方。

高科技把体力的堤坝冲毁，机械加长了女人的手。只要按几个电钮，庞然大物会轰然倒塌。电脑不会计较揿压它的那只手是粗糙多毛还是纤细如柳。甚至战争也早不是刀光剑影的格斗，而在千里之外的觥筹交错中。

意志的竞技场，不存在女士优先的法则。造物主不是绅士，而是猛士。它只青睐把它打败的赢家，才不管你是穿花袄还是长袍。

我们站在中性的横杆前。女性不再受到歧视，也不接受优待。

中性使世界明了；中性使世界严峻。不管你喜欢不喜欢，这个世界越来越趋向大一统的中性，显示的是每个个体独特的力量。

很小的时候，如果我有了过失，说了谎话，又不愿承认的时候，妈妈就会说：看着我的眼睛。如果我襟怀坦荡，我就敢看着她的眼睛，否则就只有羞愧地低头。

从此，我面对别人的时候，看着他的眼睛。

当我失败的时候，看着亲人的眼睛，我无地自容。但悲伤会使我的眼睛蒙满泪水，却不会使我闭上眼睛。看着批评我的目光，我会激起正视缺点的勇气与信念。我会仔细回顾我走过的路，看看自己是怎样跌倒的，今后避开同样的危险。

当我受到表扬的时候，我也快乐地注视着别人的眼睛。我不喜欢假装谦虚把睫毛深深地垂下，一个人回到僻静处悄悄地乐。我愿意把心中的喜悦像满桶的水一样溢出来，让我的朋友们分享。在我的亲人我的朋友的眼睛里，我读出他们的快活和对我更高的希冀。表扬不但没有使我忘乎所以，反倒更使我感到肩上的担子沉重。成功好比是一座小山，一个准备走很远的路的旅人，站得高了，才会看到目的地的篝火。他会加快自己的脚步。

当我面对陌生人的时候，我会格外注视他的眼睛。眼睛是心灵的窗户已经是被说腻了的古话，可我要说眼睛不仅是窗户，也是心灵的家。假如陌生人的目光坦诚而友好，我会向他伸出我的手。假如陌生人的目光犹疑而彷徨，我断定他为一个没有主见的人，不能成为朋友。假如陌生人的目光躲闪而阴暗，我会退避三舍，在心里敲起警钟。假如陌生人的目光孤苦无靠，我愿意提供力所能及的帮助。

当我面对熟识的人的时候，我会观察他的眼睛有没有变化。岁月会改变一个人的眼光，就像油漆的家具会变色一样。但是有些老朋友的眼光是不会变的，像最清澈的水晶，晶莹一生。但他们的眼睛会随着思绪的喜怒哀乐变换颜色，作为朋友，我愿与他们分担。假如他们悲哀，我愿为他们宽心。假如他们喜悦，我愿与他们分享。假如他们焦虑，我愿出谋划策。假如他们忧郁，我愿陪着他们沿着静静的小河走很远很远。

当我独自一人面对镜子的时候，我严格地审视自己的眼睛。它是否还保持着童年人的纯真与善良？它是否还凝聚着少年人的敏锐与蓬勃？它在历尽沧桑以后，是否还向往人世间的真善美？面对今后岁月的风霜雨雪，它是否依旧满怀勇气与希望？

当我面对森林的时候，我注视着森林的眼睛。它就是树干上斑驳的年轮和随风摇曳的无数嫩叶。它们既苍老又年轻，流露出大自然无限的生机。

当我在月夜里面对星空的时候，我注视着宇宙的眼睛。那是苍穹无数的星辰。天是那样的幽蓝而辽阔，周围是那样的静寂而悠远。作为一个单独的人，我们是多么的渺小啊！但正是看似微不足道的人类，开始了征服宇宙的长征。在这个意义上，人类有时那样伟大而悲壮。每一个孤立的人，都像小星一样微弱，但集结起来，就可以给迷途的人指引方向，就可以在黑暗中放出光明。

我注视着滔滔的流水，浪花就是它的眼睛。生命在于运动，假如大海没有了波涛，就结束了它浩瀚博大的使命，大海就瞎了，成为死水一潭。再也不能负载舟楫远航，再也不能任海鸥翱翔，再也不能繁衍无数的水族，再也不能驮着我们在海滩上嬉戏……

世界上所有的生灵都有它们的眼睛。就看你用不用心寻找，就看你有没有勇气和它对视。

当我刚刚开始学习注视别人的眼睛的时候，心中很有些不安。我觉得自己是个小小的孩童，我怎么敢看着别人的眼睛？那不是太不尊敬人了吗？我对妈妈讲了我的顾虑，她笑了，说，那你明天试着看看老师的眼睛。

第二天，在课堂上，我开始注视着老师的眼睛。好怪啊，老师好像专门给我一个人讲课似的。我的思考紧紧地跟随老师的讲解，在知识的密林里寻觅。当讲到重要的地方，我看到老师的眼睛里冒出精彩的火花，我知道自己一定要记住它。当老师的眼光像湖水一样平静的时候，我知道这只需要一般掌握。当我在读老师眼睛的时候，老师也在读我的眼睛。假如我显现出迷惘与困惑，老师就会停顿他讲解的步伐，在原地连兜几个圈子，直到我的目光重又明亮如洗。假如我调皮地向他眨眨眼睛，他会突然把讲了一半的话咽进嘴里。他知道我已心领神会，可以继续向下讲了。

我这才知道，眼睛对眼睛，是可以说话的。它们进行无声的交流，在这种通行的世界语里，容不得谎言，用不着翻译。它们比嘴巴更真实地反映着一个人隐秘的内心世界。

随着年龄的增长，我明白了注视着别人的眼睛，是一种郑重，是一种尊敬，是一种信任，是一种坦诚。

当然了，这种注视不是死瞪瞪地盯着人家看，那样可真有点傻乎乎并且不文雅了。注视的目光应该是宁静而安然的，好像是我们在晴朗的天气，眺望远处的青山。

如果我听懂了他的话，我会轻轻地点头。如果我需要他详细解说，我会用目光传达出这种请求。

注视着别人的眼睛，也给自己提出了更高的要求。

当我注视着别人的眼睛说谢谢你的时候，我必须发自内心的真诚。

当我注视着别人的眼睛说对不起的时候，我必须传递由衷的歉意。

当我注视着别人的眼睛说我能把这件事做好，我一定要下一个必胜的信心。

当我注视着别人的眼睛说请相信我，我觉得自己陡然间增长了才干和胆魄。

医学家证明，人在说谎的时候，无论他多么历练老辣，他的眼睛都会泄露他的秘密。他的瞳孔会散大，他的视线会游移，眼睑也会不由自主地下垂。

为了我们能够勇敢地注视别人的眼睛并不怕被别人所注视，让我们做一个襟怀坦荡心灵像水晶般透明的人。

早年的卫生间只在壁上刷点白灰，像个从溪流里站起来的裸孩，斜披着毛巾。如今的房子，厨卫是重点，你再不讲究，也要贴上瓷砖才能说得过去。

到建材市场挑选瓷砖，成了装修的必修课。砖铺像丝绸店，满眼花色闪闪烁烁，不知该挑哪一种好。顾图案更要看价钱，很快你就发现，精美瓷砖是没有止境的，但钱包是有大小的。到了最后，演变成先看价钱再定花色，流程进入量体裁衣看米下锅的局面。为了选瓷砖，我和丈夫甚至破了不当着外人争执的约定，不止一次吵得面红耳赤。一旁的店员漠然立着，连点好奇的神色都不屑流露，想来因瓷砖而起的硝烟，她已见怪不怪了。

关于购买何种瓷砖，好不容易统一了意见，分歧又接连地出现了。要不要花砖？要不要腰线？

花砖是成套瓷砖的点睛之笔。瓷砖是淡绿调

子的，花砖可能就是一丛披头散发的翠竹。瓷砖是棕黄调子的，如果是厨用，花砖上就有深驼色的咖啡杯盏，有袅袅的白气升起。如果是卫浴用，可能绘有几间木屋一丛野花，或许还有蜜蜂……有款砖叫作"海洋之心"，花砖镶着大朵的蔚蓝色椭圆形玻璃，假扮那块长眠在深海之下的无价钻石。

更讲究的花砖像是一部有头有尾的小说。一款叫作"爱情鸟"的瓷砖，花砖就有几种格局。一块是两只水鸟相依为命，耳鬓厮磨的。这好理解，新婚宴尔啊。再一块就是三只鸟左顾右盼的。这多出来的鸟，可不是什么非法闯入者，而是大鸟们辛辛苦苦孵出的小鸟。不知这两幅是不是全本，依次类推下去，还可演变出多款情节。比如三只鸟展翅飞翔，比如四只鸟组成团队……

花砖之外，还有腰线。腰线并不像它的名字那样谦逊，它不是一条简单的线，而是由很多块精巧的长方形瓷砖连接而成的瓷砖带，缠绕在整壁瓷砖的中段。

腰线是缩小了的花砖，有图案，甚至也有情节。比如上面说到的"爱情鸟"，腰线就是一只小鸟破壳而出，茸茸的羽毛和残缺的蛋壳，把爱情和繁衍拴在了一起。

腰线不便宜。瓷砖和瓷碗该是近邻吧？瓷碗是有曲线的，瓷砖却是完全不曾发育的平板，但一块腰线比一个普通的饭碗要值钱很多。腰线是很团结的，你不可能只贴一块，它们有着一荣皆荣一损俱损的气节。围着墙手拉手形成包围圈，统算下来，会吓得你的钱包一抖。

若不镶，就一块都不能上，瓷砖的拼缝才能妥当。饭碗是生活的必需，而腰线则是锦上添花可有可无的，带着些许孤芳自赏的奢侈。

母亲的新房子，割舍了所有的腰线。按说这点钱还是有的，但母亲坚决不肯，说有没有腰线是一样的，不花这个冤枉钱。

然而，有没有腰线是不一样的。就像上面说的"爱情鸟"，省去了雏鸟啄破蛋壳的那一幕，花砖上的两只鸟很突兀地变成了三只鸟，常常叫人疑心那小鸟的来历，甚至误会这是另外的一家人了。"海洋之心"的腰线是一圈蓝白相间的小"钻石"，仿佛一挂悬垂的珠链。取消之后，墙壁上半截的莹白和下半截的蔚蓝，生硬地焊接在一起，丧失了柔和的过渡。孤零零的"巨钻"没来由地在白瓷板中闪烁，像一只莫名其妙的怪眼。

我觉得自己对不起母亲的新居，推而广之也对不起腰线。终于有一天，得了补偿的机会。我路过一家店铺，看到大肆甩卖腰线。腰线的图案是很耀眼的玫瑰花蕾，夹杂着点点的金红，绮丽而烂漫。我不假思索地买了很多腰线，辛辛苦苦地搬回家，才面对一个严峻的问题——这些腰线嵌在哪里？

腰线是美丽的，但许多腰线聚集在一起，除了让人眼花缭乱之外，就是安置它们的焦灼了。如同皮带是用最好的牛皮制造的，但你面对一堆皮带时，既不能把它们缝制成皮氅，也不能敲打成皮鞋。

失去了烘托和陪衬的腰线，也丧失了精彩和雅致，剩下的是纷乱和拥挤。楼梯下有一间楔形的小房子，别家把它改造成了狗舍，我家

110

堆积着杂物。早先一直是水泥墁地，如今我把腰线密集地砌在那里，闪闪花蕾只好在尘埃之下皱缩。

看到过一条关于人才的定律，说全由极高智商的人组成的团队，其效率和智慧却并非最高，反倒不如人才的阶梯状组合，能发挥出最好的效力。仿佛腰线，顾名思义，只能是一面素墙美丽的统帅，而不能铺陈得漫山遍野。

　　美国某小镇，有一位老奶奶，长着"绿手指"。千万别以为她是个妖怪或有什么特异，这是当地人对好园丁的称赞。

　　一天，老人在报上看到一条消息，园艺所重金悬赏纯白金盏花。老奶奶想：金盏花，除了金色，就是棕色。白色的？不可思议。不过，我为什么不试试呢？

　　她对八个儿女讲了，遭到一致反对。家人说，你根本不懂种子遗传学，专家都不能完成的事，你这么大的年纪了，怎么可能呢？

　　老奶奶决心一个人干下去。她撒下金盏花的种子，静心侍弄。金盏花开了，全是橘黄的。老奶奶在中间挑选了一朵颜色稍淡的花，任其自然枯萎，以取得最好的种子，第二年把它们栽种下去。然后，再从花朵中挑选颜色浅淡的种子，栽种……一年又一年，春种秋收循环往复，老奶奶从不沮丧怀疑，一直坚持。儿女远走了，丈夫去世了，生活中发生很多的事，老奶奶处理完这些事之后，依然满怀信心地栽种金盏花……

二十年过去了。有一天早晨，她来到花园，看到一朵金盏花，开得奇特灿烂。也不是近乎白色，也不是很像白色，是如银如雪的纯白。

她把一百粒种子寄给了那家二十年前悬赏的机构。她甚至不知道这则启事是否还有效，在这漫长的岁月里，是否早就有人培育出了纯白金盏花。

等待的日子长达一年。因为人们要用那些种子验证。终于，园艺所所长打电话给老奶奶说，我们看到了你的花，它是雪白的。因为时间太久，奖金不再兑现。您还有什么要求吗？

老奶奶对着听筒小声说，我只想问一问，你们可还要黑色的金盏花？我能种出来……

黑色的金盏花至今没开放，因为老奶奶去世了，世人再没有了这种笨笨的坚持。

但愿你我还能长出新的绿手指。

　　教授是一位独身的老女人，从学院调来搞金属矿山的研究。她的第一件工作是到云南的深山调查情况。我想与她同行。

　　她的目光从老花镜的上方平行射向我，说，我历来不愿意同女人一道出门。

　　我扑哧乐了，说，咱们俩怎么那么像？

　　于是两个都不喜欢女人的女人并肩远行。

　　教授步态已略显蹒跚。到了机场，我要去办登机手续，教授抢去所有证件，说：你不要以为我需要你照顾。

　　从此，我与教授平等相处。有一个旅客小声问我：她是不是你妈妈？吓得我像黄继光堵枪眼似的捂住她的嘴。

　　教授处处要表现年轻。

　　到矿山去了解农民乱采乱挖矿石的情况，现场在高陡的崖坡。

您就不要去了，教授。我们可以给您看照片，放录像，找人座谈。当地人说。

录像我在北京就可以看，下来就为看真相。请准备一双小号工作靴。教授不由分说。

最小号的靴子套在教授脚上，还是像灾年的花生壳。教授走到桌前，扯下几张报纸，卷卷折折，塞进靴里，然后说：我左脚踩了四版日报，右脚踩了八版晚报，现在可以上山了。

向导在前，教授居中，我殿后。在锐利如鱼脊的山背上，早已呼哧带喘的教授突然止步不前。我说教授走啊。教授说，我走不动了。我说那咱就回去。教授用仅有的气力斥责我说，那怎么行！我说那也不能老趴在这儿，就是不跌下去，风也会把我们刮出窟窿。

教授不理我，任山风在我们的脚下打着旋涡。折断的草茎和破碎的花瓣飘浮空中，勾勒出这一朵风和那一朵风的边缘。太阳明晃晃地刷着我的眼，恍惚中以为是自家的露台。我不断提醒自己，可千万不要一高兴松了手。

过了许久，教授朗声说：我好了，走。

当地人说，这么老的婆婆，该在家抱孙子的。没想到这么好的精神，大约常吃人参。

好客的云南人，太爱给人吃过桥米线。教授不喜欢吃，就说，嗬！你看这个碗有多大，可以把我的脸盛进去。

教授的脸小而尖，透出年轻时的端丽。那个碗的确可以给教授当镜子。她不由商量把米线夹给我。

我说，教授，我也……

教授说，以往我出来，吃不了的饭都是助手帮助解决。

最后我剩下了大半碗米线，实在无力克服。教授就说，浪费！太不像话。

半夜的时候，教授敲我的门，说，我饿了。然后眼巴巴地看着我。

我说，我只有大大泡泡糖，橘子香型。

她皱着眉说，甜吗？我从来没吃过那东西。

我说，甜得让您立即长出龋齿。

她说，那太好了。糖的分子式都是一样的。我低血糖。

我说，这么晚了您还没睡。

她说，我已经起了。那么多数据要处理。

我说，注意泡泡糖嚼完了就吐掉，不然泡泡会粘到您的眼镜上。

第二天早上，她说，泡泡糖还挺灵。女伴也有好处。

汽车在莽莽苍苍的哀牢山脉穿行，果酱色的红河水在几百米深的谷底从容蠕动。汽车行驶到某一特定角度，红河水会突然耀起金箔似的闪光。我们不时与拉香蕉的货车相遇，由于道路太窄，小车只好仄起半边轮子，容那翠绿色的庞然大物先行。

在浓郁的青香蕉气里，我问教授，您这一生，是否有过刻骨铭心的爱情？

她警觉地问，你这是什么意思？

我说，没什么意思，只是好奇。像您这么美丽的女人，不会没有人爱。

她说，我年轻时并没有你想象的那样美丽，是老了才有人说这个词。

我说，女人一般是越走越显出憔悴琐碎之色，您与这规律不符，说明了您内心的善良和开朗。

她沉吟着说，我十几岁的时候，非常仰慕我们工作队的队长。工作队你懂吗？

我说，教授，我远比您想象的要渊博。

教授接着说，我那时只是一名普通的大学生。我不知道怎样才能表达我的感情。关键是我不知道他怎样看我。后来他得了疟疾，每天都要按时服药，要不然会引起猛烈的发作。看着他生病，我焦急得不行，恨不能把病从他的身上抠下来移植到自己身上。有一天，他说，麻烦你把金鸡纳霜拿来，它就放在我的桌子上。我一溜风跑到他的办公室，但他的桌面干干净净，连图钉也没有一颗。我怕误了他用，就四处翻找。他的抽屉平日都是锁着的，那一天却忘了。我看到抽屉里的金鸡纳霜的瓶子，还看到瓶子下面有一封信。正确地说，那是一封信的草稿。信没有抬头，但我看出他是写给我的，历数了我的种种缺点错误……

那都是些什么批评，能否告诉我？

当然可以。无非是柔弱伤感，爱穿鲜艳的衣服，爱唱浪漫的歌。

就这些？

就这些。

教授看着窗外一株株挺拔的柠檬桉，平静地说。

我知道当年她绝不是这样平静，但纵是一块黄连，咀嚼太久后味也淡然。

后来呢？我问。

后来我就把金鸡纳霜给他了。

我不是问的这个后来。我问的是别的后来。我说。

没有后来。后来他的病好了，调到更重要的地方去了。再也没见过。她说。

可是那封信？你说过它是草稿。

是的，是草稿。它就一直没有被正式抄定，更没有被装进信封。

后来您问过他这件事吗？

没有。他对我是那样的看法，我不好意思再同他讲话。可以聊以自慰的是，现在的我已同那时的我大不相同。

一棵英雄树闪过。因不是开花的季节，没有诗人们讴歌的壮丽景象，静静地屹立着，很普通。

我微笑着思忖着说，教授，您到今天还没有想清楚这是怎么一回事吗？

她说，怎么一回事？我真奇怪今天为什么要对你说这些。下次还是带个小伙子好，没这么啰唆。

我说，教授，您听我说。在以后的年代里，您就一直在改正他指出的缺点，但再也没有碰到像他那样的人。我说得对吗？教授。

教授说，带着你远行，是我的重大失误。

我说，教授，您不要自欺欺人。我来戳破窗户纸。他给您的实际是一封情书，金鸡纳霜就是信使。一切都是预谋。当然疟疾是真的。队长平日忙，在病中才有时间谈论感情。有许多爱情诞生于疾病的土壤，犹如最上品的茶树长在荒瘠的山坡。在那个年代，作为一个真正的布尔什维克，他以为对一个女孩最大的热情，就是狠狠指出她的不足……

猛烈的急刹车。因为一个穿着鲜艳到繁杂的少数民族少女横穿公路。她摇着满头的银饰调皮地笑笑，全然不理会我们的头撞出的青包，飞快地跑了。

教授若有所思地说，我那时和她一样年轻。

您现在是否还想知道他的下落？我试探着问。这一次可实在没有把握。

想。她干脆而果决地回答。我依稀看到一个穿列宁服的女孩活跃在教授瘦小的轮廓里，将她苍白的鬓发蜕成乌黑。

那我可以把咱们的云南之行写成一篇散文，把它登在报纸上。散文都是真事。也许当年的工作队队长会在遥远的地方看到这篇文章，也许会给编辑部写一封信，找到了我就找到了您。我说。

好。她干脆地说。我看到木棉花一样的热情在她的眸子里开放。

之后，我们久久地无话，像两个厮打过的拳击手酣战后歇息，专心听亚热带的风在橡胶林里呼叫。

返程的时候，教授已用收集来的资料，写出了极有价值的经济政策研究报告。到达机场，教授依然忙不迭地取了我的一应证件，去办登机手续。

我坐在候机室舒适的皮椅上，注视着教授略带佝偻的背影。

教授，我知道您为何这样匆匆。

您是怕我拿了您的证件，就知道了您的真实年龄。

教授，何必呢。其实我早已知道了您的年龄。您在我心中永远年轻。

博士的秘密

走进一座乳白色的科学实验楼，同几位正在探索生命基因工程的科学家攀谈。他们是那样年轻，假若不是屋里的空气弥漫着淡淡的化学试剂味道，我几乎把他们当作街头潇洒走过的大男孩。

博士们讲述正在进行着的一项重大研究，我除了静静倾听，插不上一句话，甚至连问题也提不出来。提问也是一种智慧呢，在这肃穆的科学殿堂里，我等只有接受扫盲的份儿。突然，我眼前一亮，终于找到了可以插嘴的话题——在实验室的门后，堆积着一大摞方便面箱子，辣酱面、牛肉面品牌繁多。

你们经常吃方便面吗？我问。

是。博士们以科学家的简练回答我。

这么一大堆箱子，要吃好长时间吧？

不。做实验经常误饭，加班多，大家都吃方便面，很快就吃完了。

这么多牌子，还挺丰富啊。

大家口味不一。再说老吃一种品牌，也容易腻。所以各样都买来一些，吃的时候可以换着样拿。

啊，是买的呀？我还以为是发的呢。大家加班那么辛苦，还不算作福利，由公家付钱算了！我说。

博士笑了一下，没有说话。可能是严谨的科学家素质，不习惯这种调侃。停了一会儿，他补充说，都是我们大伙凑钱买的，因为批发价比较便宜。

我穷追不舍地问，既然是大伙随便拿，面钱怎么算呢？

博士从摆满玻璃瓶的试剂架子上，取下一只旧奶粉罐。盒盖上切开了一道长方形小槽，可以把硬币和纸币塞进去。我端起来摇了摇，罐子里基本满了。

大伙谁吃一包面，就在罐子里投进一份钱。箱子里的面吃完了，我们就把罐里的钱掏出来，自己再去买。博士说。

噢，这就相当于无人售票汽车，不设找赎。我恍然大悟。

但是，会不会少了钱呢？我以小人之心问。

会的。博士很肯定地回答。有的人工作很忙，走过去从箱里掏出一包方便面，用开水一沏就吃，然后继续做实验。完全忘了交钱的事。博士解释说。

那怎么办呢？我问。清理钱的时候，一发现少了，我就自己把缺的部分垫上，博士轻轻地说。临出门的时候，博士很神秘地对我说：

我告诉您一个秘密。

我屏神静气地听，看到年轻的博士微笑着露出雪白的牙齿。

我吃过市面上流行的各种方便面，以美厨黑胡椒牛肉面为最好吃。

听一位研究古文字的教授讲,"孝"这个字在甲骨文里的写法是,一个少年牵着一位老人的手,慢慢地在走。"孝"字从右上到左下那长长的一撇,便是老人飘荡的胡须……

不知这说法是否为史学家定论,是否无懈可击,但它以一种恒远的温馨,包含着淡淡的苦楚沉淀我心,感到一种人类对自身生命的感怀,一种更为年轻的个体对即将逝去的年华无微不至的关顾与挽留。

"孝"是东方文化灿烂的遗产,但在我们这个国度里,身份却很有几分可疑。和它比肩的"忠"的地位,则要光辉伟大得多。国家、民族、政党、军队……都是需要"忠"的,而在"忠孝不能两全"这句话的阴影下,"孝"好像成了"忠"的对立面,水火不相容。

和"忠"比起来,"孝"的范围似乎比较窄。前者面对的是众人，后者大约只包含自己的家人。回顾中国的近代史，国家民族奋战的艰难历程，在浸透血与火的车辙里，难得有"孝"的位置。先驱的革命者，从域外窃得种子，带回这块苦难的大地。他们是有知识的年轻人，之所以曾受到良好的教育享有文化，多半和富裕的家境不可分，但他们义无反顾地向父辈的剥削阵营开火了。在黑暗的日子里，他们一定经历了心灵的分裂与决斗，最终决定背叛自己的阶级。于是，在漫长的革命生涯中，他们缄口不再谈"孝"。

参加革命的穷苦人，投了红军，当了八路，上了战场……他们走了，永不回头，但他们的父母留在饥寒交迫之中，饱受欺凌压迫，许多人被敌人残酷地杀害了。革命者不会后悔自己的选择，只有战斗才有胜利，这是唯一正确的道路。但我相信生者在每年中秋，仰望圆圆的明月，低下头都会黯然神伤。尽管有无数的理由，尽管责任完全不在个人，但在潜意识里，他们永不为自己辩解，苛刻地认定自己不孝。于是，他们也拒不谈"孝"。

同新中国一起成长起来的这一代人，在他们风华正茂的时候，开始了"文化大革命"。几乎每一个人都向自己的父母造过反。在青春勃发期关心国家大事的同时，意外地从家里找到了火山的爆发口，以自己的父母为第一目标，那时曾多么兴高采烈，遗下的却是永久的悔恨。待到狂潮退去，知识青年上山下乡，凄凉地告别父母，远赴边陲，有的是身不由己的流放感，再没了丝毫选择的余地。即使有谁想到了"父母在，不远游"，在那样的日子里，几乎相当于一句反动口号了。

后来他们返城。没有地方住，龟缩在父母的小屋里，给已经年迈的父母更添一分烦乱。不要说尽孝了，还要垂垂老矣的父母为自己操心不已。薪水少，需要父母补贴。没有房子住，和父母挤在一起。无人做饭，父母就是当然的炊事员。孩子无人照管，父母就是最好的保姆……多少次悄悄接过父母接济的银子，理智上惭愧，手心却跃跃欲试地潮湿。太多的贫困，吞噬掉了儿女的自尊心，如果我们注定得接受馈赠，还是接受来自父母的施舍吧。在我们的内心深处，尚潜伏着一个善良坚定的愿望，爸爸妈妈，终有一天，一切都会好起来。我会将你们付给我的爱，加倍地偿还，让我们一道期待那一天吧。

现在天下太平，人间和睦，世道安宁，人们大胆地可以言孝了。"孝"里当有糟粕，有可笑以至可恨的迂腐气息，但其合理的内核却值得我们长久咀嚼。

我不喜欢一个苦孩求学的故事。家庭十分困难，父亲逝去，弟弟嗷嗷待哺，可他大学毕业后，还要坚持读研究生，母亲只有去卖血……我以为那是一个自私的学子。求学的路很漫长，一生一世的事业，何必太在意几年蹉跎？况且，这时间的分分秒秒都苦涩无比，需用母亲的鲜血灌溉！一个连母亲都无法挚爱的人，还能指望他会爱谁？把自己的利益放在至高无上位置的人，怎能成为为人类献身的大师？

我也不喜欢父母重病在床，断然离去的游子，无论你有多少理由。地球离了谁都照样转动，不必将个人的力量夸大到不可思议的程度。

在一位老人行将就木的时候，将他对人世间最后的期冀斩断，以绝望之心在寂寞中远行，那是对生命的大不敬。

我相信每一个赤诚忠厚的孩子，都曾在心底向父母许下"孝"的宏愿，相信来日方长，相信水到渠成，相信自己必有功成名就衣锦还乡的那一天，可以从容尽孝。

可惜人们忘了，忘了时间的残酷，忘了人生的短暂，忘了世上有永远无法报答的恩情，忘了生命本身有不堪一击的脆弱。

父母走了，带着对我们深深的挂念。父母走了，遗留给我们永无偿还的心债。你就永远无以言孝。

有一些事情，当我们年轻的时候，无法懂得。当我们懂得的时候，已不再年轻。世上有些东西可以弥补，有些东西无法弥补。

"孝"是稍纵即逝的眷恋，

"孝"是无法重现的幸福，

"孝"是一失足成千古恨的往事，

"孝"是生命与生命交接处的链条，一旦断裂，无法连接。

赶快为你的父母尽一份孝心。

也许是一处豪宅，

也许是一片砖瓦。

也许是大洋彼岸的一只鸿雁，

也许是近在咫尺的一个口信。

也许是一顶纯黑的博士帽，

也许是作业本上的一个红五分。

也许是一桌山珍海味，

也许是一只野果一朵小花。

也许是花团锦簇的盛世华衣，

也许是一双洁净的旧鞋。

也许是数以亿万计的金钱，

也许只是含着体温的一枚硬币……

在"孝"的天平上，它们等值。

只是，天下的儿女们，一定要抓紧啊！趁你父母健在的光阴。

翡翠菩提

　　在南亚某国王宫，供着一块美丽的翡翠菩提叶。它晶莹剔透，翠绿欲滴，没有丝毫杂质。最为奇特的是，在这块菩提叶中，可见到清晰的脉络，丝丝缕缕渗透叶心，与真叶毫无二致。阴天时，若把它挂在御花园的树上，凭你火眼金睛，也找不到翡翠的踪影。不过别急，只要阳光一闪，你就立刻能发现它。它倾泻出的莹莹碧光，把树荫全部染绿。

　　翡翠菩提有一段故事。

　　一户贫苦山民，靠种菠萝为生。一天父亲对儿子莫罕说，祖上赶过马帮，到北方贩卖杂货。一次返程的时候，因为马背两边的分量不均，老祖爷就随手捡了一块石头，压在驮篓的一边。回来后，有人识货，说那石头原是一块翡翠，卖了个好价钱，祖爷才娶了祖奶，有了咱这一支人。

　　莫罕说，我要到北方去寻翡翠。

老父说，多少人都去找过翡翠。空手而归算好的，数不清的人死在了路上。

莫罕说，找不到翡翠，我不回来见您。

莫罕攀过无数大山，蹚过无数红水河，终于找到了一座山。山主说，山洞里，可能藏有翡翠。你给我挖矿石，干得好，年底我付给你一块矿石做工钱。

莫罕说，矿石就是翡翠吗？

山主说，小伙子，那就看你的运气了。矿石被一层砂皮包着，谁也不知道里面藏的是什么。挖翡翠是要赌的。挖宝的人挤破头。不干，滚下山吧。

莫罕留下来了。矿洞窄得像个蛇窟，艰辛危险。到了年底，山主说，我说话算话，你拣一块矿石吧。

莫罕挑了一块鹅蛋大小的矿石。他本想揣着矿石回家，但若万里迢迢赶回去，把矿石一打开，里面是普通的石头，老父该多失望啊！他就留下来，一年后又得到了一块矿石。

矿石中含有翡翠的机会，也许只有万分之一。莫罕害怕无功而返，埋头干了十六年。终于，他决定回家。矿石装进麻袋，沉甸甸的如同金子。

山主说，你这样走远路，太不方便了吧，我帮你把矿石剖开。是石头，你就扔掉。是翡翠，你就揣走。

莫罕答应了。

山主将矿石一块块剖开。第一块是石头，第二块是石头，第三块还是石头……一直剖了十四块，满地碎石。

山主说，你手气太糟了。最后这两块矿石，算你卖给我好了。一块石头的钱，够你路上的盘缠。还有一块石头的钱，够你回家盖一间草房。

莫罕说，老爷，谢谢你的好意。但是，我只卖一块矿石。剩下的那一块，我要带回家，让我的老父看一看。

山主给了莫罕一块石头的钱，然后把莫罕手中的那块矿石剖开。随着工具的响声和砂皮的脱落，一块蓝绿如潭水的蛋形翡翠，显现在大伙儿面前。

莫罕在众人惊叹和惋惜声中，头也不回地上了路。

集市上，他看到一条巨大的蜥蜴，被人耍着叫卖。他说，为什么不放它回竹林？

那人说，你买了，就能把它放回竹林。如果你不愿放走它，也可以用它的肉熬汤。

莫罕看到绿色的蜥蜴眼里哀怨的神色，动了恻隐之心，把仅有的盘缠掏出来，买下了巨蜥。到了竹林，他把巨蜥放生了，自己吃野果回家。没想到巨蜥不肯远离，总是伴他身边，夜里绕他而眠，保护着他不受猛兽的袭扰。巨蜥看起来笨重，其实在丛林和山地爬行得很快，简直是草上飞。

莫罕回到家，父亲已经垂垂老矣。

"爸爸，我带来一块可能是翡翠的石头，和当年我们的老祖一样。明天，当着乡亲们把它剖开吧。如果是翡翠，全村的人都有一份。"莫罕说。

"孩子，你回来了，这比什么翡翠都好啊。"父亲摸着矿石说。

第二天，乡亲们预备好象脚鼓，一旦翡翠现身，就敲鼓庆贺。没想到，万事俱备，矿石却突然找不到了。于是有人说，什么矿石啊，出外鬼混了十几年，做梦吧！老父不停地解释——我看到了那块石头。可是没人信他的话。

莫罕想了很久，好像找到了答案，可是他什么也不说。

由于长年劳苦跋涉，莫罕病了。他为了弥补自己不在家时对老父的歉疚，加倍干活。他的病越来越重了。有人说，把巨蜥斩了熬汤吧，大补元气。莫罕说什么也不肯。

莫罕临死对老父说，求您一定善待巨蜥。如果它不肯走，那就等它寿终，才可把它剖开，埋在我的身边。

莫罕逝后，巨蜥不吃不喝，守候在莫罕的坟墓旁，几年以后，干瘦得如同一卷柴火，在一个夜晚悄然死去。

老父把巨蜥剖开，在它的肚腹里，看到了一块硕大的翡翠。由于体液的腐蚀，矿石砂皮已完全剥落，露出了晶莹无瑕的质地。肠胃的蠕动，把翡翠切割成了菩提叶子的吉祥形状。巨蜥最后绝食绝水，内脏干枯紧紧包裹着翡翠，镌刻下精巧的纹路，如同菩提的叶脉。

后来，国王得知了这件奇事，给了山人很多粮食和布匹，换走了莫罕老父的珍宝。

从此，寨子里的人都迁到城里了，只有一个孤独的老人，伴着一座大的坟墓和一座小的坟墓，在菠萝地里恒久地守望着。

海外一家著名的汽车制造商，要把一款新颖的高级小客车打入大陆市场，邀了各界人士，给即将面世的新车起个一触即发的名字。

落座之后，四面一瞅，社会学家，心理学家，语言学家……人才济济。我乃滥竽，对于起名这样事关重大的活儿，一向逃之夭夭。不瞒人说，连我儿子的大名都是先生所起，因为一是懒得动脑，二是怕负责任，恐他长大了不喜欢，上溯追究。但我对未知事物，多感兴趣，很想知道他人是怎样从事命名工作的，加上此次乃集体出主意想办法，与个人无甚干系，所以踊跃参加了。

组织者事先已分发了该款车的图片与资料，开会后，演示录像带，宣读一系列的数据……我于车很外行，视听感官的结果综合起来是：车很漂亮，很结实，能装进一个班的人去野炊。

按照约定，与会的每一个人，都要给车起出五个以上的名字，汇总后以备选择。对于这道作业，我嗑了半天牙花子。那车的英文发音很单纯，实在衍变不出犹如"可口可乐""奔驰"这般色艺俱全的名称。技穷之下，索性抛了音的羁绊，另起炉灶，写出一排臆造的名字。横看竖看，犹如春末老农论堆卖的小菠菜，虽然不珍贵，倒是自产自销。

邀请人把大伙儿起的名字拢到一块儿，打乱顺序后发给与会者。这样每个人就在白纸上，看到了未来那辆车的几十个名字，有点儿"女儿未长成，夫婿已千家"的感觉。

接下来的程序是，每个人从整体名单中，把自己最看好的十个名字选出来，像填选票一般交上去，再由邀请者按得票顺序排出名单，一一展示给大家，由人评头论足。

程序说起来拗口，操作起来很简便。组织者每次出示一张纸卡，问：各位看到这个名称以后，第一感觉如何？有没有不良联想？

那形式有些像低年级语文老师提问全班同学，只是语气谦恭诚恳。被征询者也不清楚那名字谁家发明，不必顾忌脸面，均从各自角度畅所欲言。

有一名称"功碑"，大家说，不好不好。一种车，叫什么"碑"，容易引起不幸想象。再说啦，念起来，如同"弓背"，让人觉得脊梁伸不直，憋屈得很。于是该名称被打入冷宫。

一名称叫"旺而旺"，多人说符合国民心理，喊起来也嘹亮。我斗胆当了一回反对派，说，请你们把此名大叫三遍，是不是有一种乡村狗的感觉？大家一笑作罢。

我起的一个名字，被毫不迟疑地否决了。它叫"九鼎"，本想寓意宽阔沉稳，牢不可破。众人说，一个小客车，叫这么个一字千钧的名字，还开得动吗？我很惭愧自家思维偏窄，幸好谁都不知是我起的名，脸也不必红。

我起的另一个名字"风之堡"，荣幸地进入决赛圈。邀请者说它高雅经典，有欧陆情怀。风中的城堡，顾名思义，既风驰电掣又古老坚固。

好不容易选完，大家刚有些松气，没想到邀请者庄重地说，还有最后一个问题，希望各位专家学者仔细斟酌，就是未来车入选的各个名称，有没有性别歧视的意味？比如"风之堡"？

我愣了一下，紧接着就是一种会意和感动。这家海外的制造商，关注到了占人口一半的这一弱小性别的眼光和利益，尊重她们的意志和情感，是文明和进步的象征。

到会的所有人员，都严肃起来，专心地审视着"风之堡"这几个字。

我认为，没有性别歧视的意味在内。社会学家说。

我以为，也没有。语言学家说。

是的，没有。心理学家说。

那么，还请在座的女士就这个问题特别发言，用女性的眼光，再看一看"风之堡"。邀请者格外郑重地说。

没有。我再三斟酌后，一字一顿地说。

那款登陆的海外名车，最后到底叫不叫"风之堡"，我不知道，甚至也不关心了。但这次起名的经过，我却常常记起。在经济和商业活动中，尊重女性，强调以更为宽泛的眼光看世界的文明意识，应该是值得我们认真学习的。

聪明仅次于人的动物是狼，北方的狼。南方的狼什么样，我不知道。不知道的事咱不瞎说，我只知道北方的狼。

一位老猎人，在大兴安岭蜂蜜般黏稠的篝火旁，对我说。猎人是个渐趋消亡的职业，他不再打猎，成了护林员。

我说，不对，是大猩猩。大猩猩有表情，会使用简单的工具，甚至能在互联网上用特殊的词汇与人交谈。

我没见过大猩猩，也不知道互联网是什么东西。我只见过狼。沙漠和森林交界地方的狼，最聪明。那是我年轻的时候啦……老猎人舒展胸膛，好像恢复了当年的神勇。

狼带着小狼过河，怎么办呢？要是只有一只小狼，它会把它叼在嘴里。若有好几只，它不放心一只只带过去，怕它在河里游的时候，留在岸边的子女会出什么事。于是狼就咬死一只动物，把那动物的胃吹足了气，再用牙齿牢牢紧住蒂处，让它胀鼓鼓的好似一只皮筏。它把所有的小狼背负在身上，借着那救生圈的浮力，全家过河。

有一次，我追捕一只带着两只小崽的母狼。它跑得不快，因为小狼脚力不健。我和狼的距离渐渐缩短，狼妈妈转头向一座巨大的沙丘爬去。我很吃惊。通常狼在危急时，会在草木茂盛处兜圈子，借复杂地形，伺机脱逃。如果爬向沙坡，狼虽然爬得快，好像比人占便宜，但人一旦爬上坡顶，就一览无余，狼就再也跑不了了。

这是一只奇怪的狼，也许它昏了头。我这样想着，一步一滑爬上了高高的沙丘。果然看得很清楚，狼在飞快逃向远方。我下坡去追，突然发现小狼不见了。当时顾不得多想，拼命追下去。那是我生平见过的跑得最快的一条狼，不知它从哪来那么大的力气，像贴着地皮的一支黑箭。追到太阳下山，才将它击毙，累得我几乎吐了血。

我把狼皮剥下来，挑在枪尖上往回走。一边走一边想，真是一只不可思议的狼，它为什么如此犯忌呢？那两只小狼到哪里去了呢？已经快走回家了，我决定再回到那个沙丘看看。快半夜才到，天气冷极了，惨白的月光下，沙丘好似一座银子筑成的坟，毫无动静。我想真是多此一举，那不过是一只傻狼罢了。正打算走，突然看到一个隐蔽的凹陷处，像白色的烛火一样，悠悠地升起两道青烟。

我跑过去，看到一大堆干骆驼粪，白气正从其中冒出来。我轻轻扒开，看到白天失踪了的两只小狼，正在温暖的驼粪下均匀地喘着气，做着离开妈妈后的第一个好梦。地上有狼尾巴轻轻扫过的痕迹，活儿干得很巧妙，在白天居然瞒过了我这个老猎人的眼光。

那只母狼，为了保护它的幼崽，先是用爬坡延迟了我的速度，赢得了掩藏儿女的时间。又从容地用自己的尾巴抹平痕迹，并用全力向相反的方向奔跑，以一死换回孩子的生。

熟睡的狼崽鼻子喷出的热气，在夜空中凝成弯曲的白线，渐渐升高……

狼多么聪明！人把狼训练得蠢起来，就变成了狗。单个的狗绝对打不过单个的狼，这就是我想告诉你的。老猎人望着篝火的灰烬说。

后来，我果然在资料上看到，狗的脑容量小于狼。通过训练，让某一动物变蠢，以供人役使，真是一大发明啊。

警察不死

"警察"二字，究竟包含着怎样的深意？

"警"——可是警卫？警戒？警惕？警觉？警报？警备？警醒？警告？火警？匪警？警世通言？

"察"——可是察看？察访？察问？察寻？侦察？探察？明察暗访？明察秋毫？

当平淡的生活，把一个冷峻的词，重复得太圆熟时，我们便在无意中，磨损了它的庄严。

警察的真正含义，只有平静被掠夺，尊严被践踏，规则被粉碎，法律被践踏的时候，才会像圆明园的残柱，英勇而超拔地凸显在大地和蓝天之间。

这张照片，左面是我，右面是我的朋友。小学我们就在一个班级，还短暂地做过同桌。老师说，好生差生，应该花插着坐，以便帮助别人。我们两人成绩都不错，只好被迫分离。

后来，我到西藏服役，她于河北当兵。我如印第安土人，从昆仑山发射"飞去来"，信件在藏北高原和冀中平原之间，穿梭十年。我们又脚前脚后回到北京，各自安家，跨越青年中年，友情依旧。

多年的女友，就像密林里的老山参，益气养血，回阳救逆。积多少世的缘分才可孕育一丛，物宝天华，可遇而不可求。我曾笑着对她说，将来我们会在老年公寓里晒太阳，数白发，忆童年。

此语永无兑现之时了。三百天前，她被人残忍地杀害，弃尸荒野，至今案未破，凶手逃跑。

从那时起，我才痛彻地醒悟到，太阳中有雪，溪流下多渊，人群中藏狼，需要好猎手和快枪。

女友墓上已有第一抹轻绿了，我知道，土中有她不灭的眼睛。我把她的目光收集起来，灼热地交给警察。

据说美国电影业有一条规则，影片中叱咤风云的警官，无论遭遇多少险情，陷入怎样的危难，寡不敌众，弹尽粮绝，哪怕上天无路入地无门，也要英勇搏击，绝不能死。

警察不死。这是一条铁律。

警察也是血肉之躯，枪林弹雨中，会流血，会衰竭，会胆怯，会退缩，会奄奄一息，会气绝身亡。唯一不死的是职责和希望，于是警察不再是独立个体，具有了全局的象征意义，被赋予了天神般的力量。

公民的信任和托付，如玉液琼浆浇灌绿树，使警察无敌和永生。

購买一个希望

那年在国外，看到一个穷苦老人在购买彩票。他走到彩票售卖点，还未来得及说话，工作人员就手脚麻利地在电脑上为他选出了一组数字，然后把凭证交给他。他好像无家可归，没有什么固定的目标要赶赴，买完彩票，就在一旁呆呆站着。我正好空闲，便和他聊起来。

我问，你为什么不亲自选一组数字呢？

他说，是我自己选的。我总在这里买彩票，工作人员知道我要哪一组数字。只要看到我走近，就会为我敲出来。

我说，那你每次选的数字都是一样的喽？

他说，是的，是一样的。我已经以同样的数字买了整整四十年彩票。每周一次，购买一个希望。

我心中快速计算着，一年就算五十二周，四五二十，二五一十……然后再乘以每注彩票的花

143

费……天！我问道，你中过吗？

他突然变得忸怩起来，嗫嚅地说，没中过。有一次，大奖和我选的数字只差一个。

我说，那以后，你还选这组数字吗？

他很坚定地说，选。

我说，我是个外行，说错了你别见怪。依我猜，以后重新出现这组数字的概率是极低的，更别说还得有一个数字改成符合你的要求。

他说，你说得对，是这样的。

我就愣了。他衣衫褴褛面容憔悴。买彩票的钱虽然不多，但周复一周地买着，粒米成箩，也积成了不算太小的数目。用这些钱，为什么不给自己买一身避寒的衣服，吃一顿饱饭呢？再说，固执地重复同一组数字，绝不更改，实在也非明智之举。

我不忍伤他心，又不知说什么好，只有久久地沉默了。过了一会儿，他主动开口说，你一定很想知道那是一组什么样的数字吧？

我点头说，是啊。

他有些害羞地说，那是我初恋女友的生辰数字。每周我下注的时候，都会想起她，心中就暖和起来。

我说，那到了开奖的时候，你知道自己没中，会不会心中寒冷？

他笑了，牙齿在霓虹灯下像糖衣药片一样变幻着色彩。他说，不会。我马上又买新的一轮彩票，希望就又长出来了。我很穷，属于穷人的希望是很有限的。用这么少的钱，就能买到一个礼拜的快乐，这种机会，在这个世界上，实在是不多。更不用说，那个数字还寄托着我的回忆。如果我选的这组数字中大奖，她一定会注意到的，因为那是她的生辰啊。紧接着她会好奇是谁得了这份奖金？于是就能看到我的名字。她立刻就明白我这一辈子没有忘记她，而且我有了这么多的钱，她也许会来找我……

老人说完，就转过身，缓缓地走了。

后来，我把这个真实的故事讲给很多人听。每个人听完后都会长久地沉默。然后说，真盼望他中奖啊！

　　亚当和夏娃从伊甸园离开的时候，带走了两样
礼物。这是两样什么东西呢？我考过一些人。有人
说，是树叶吧？夏娃既然已经穿在身上了，当然要
带着走。有人说，是那个唆使他们吃了智慧树上的
果子的坏蛋，为了报仇雪恨。要不然凡间为什么会
有各式各样的毒蛇？还有人说，一定是个苹果核。
夏娃既然吃了果子，觉得香甜可口，肯定要把种子
偷偷掖在身上……

　　正确的答案是：上帝震怒，要把亚当和夏娃赶
出伊甸园。亚当俯视了一眼人寰，看到万千磨难险
象环生，怕自己和夏娃凄苦煎熬，恳请上帝慈悲，
送他们几种消灾免难的法宝。上帝想了一下，说，
好吧，就送你们两样东西吧。一个是休息日，另一
个是眼泪。于是，亚当和夏娃携带着上帝最后的礼
物，从温暖美丽的伊甸园坠入水深火热的人间。

初次听到这个故事的时候，我还年轻。觉得上帝实在小气，休息是自己的，眼泪也是自己的，还用得着您老人家馈赠吗？完全可以自产自销。累了，就躺倒休息，伤心了，就放声哭泣，这有什么难的？如何能算礼物呢？太简陋寒酸了，不如送来更浓的芬芳和更脆甜的瓜果。

年岁渐长，又做了心理医生，从自己的苦恼和他人的困惑中，才悟出休息和眼泪真是无与伦比的宝贝。

休息是什么呢？是山高路远跋涉其间喝茶的闲暇，是无所事事坐看星辰秋风落叶的散淡，是百无聊赖地伸长懒腰和迷迷瞪瞪的困倦，是三五死党鸡零狗碎的游走和闲谝……这指的是懈怠的休息，还有一种更奋不顾身的休息。到高处攀登，到深海潜藏，从苍穹坠落，与猛兽同眠……求的是冷汗涔涔的刺激，收获的是惊世骇俗的风险，甚至搭上了性命也在所不辞。无论休息的外套怎样千变万化，有一个共性永存其中——那就是它真的什么也不创造，除了快乐。它什么都消耗，最主要的是时间和金钱。

再说说眼泪吧。人可以因为各种原因流眼泪，包括大喜过望和义愤填膺的时刻。眼泪几乎是除了大小便，我们能主动排泄的唯一体液了。不信你试试，如果不是火热的劳动和过度的紧张，你想命令自己出汗，并非易事。

眼泪是从最靠近我们大脑的双眼之穴涌流出来的，单单这一点，就让人充满了奇妙和敬畏。眼泪可以把我们恶劣的心境和强烈的情感，溶解在其中，将那些毒素排出，而将圣洁和宁静沉淀下来还给我们。泪水冲刷洗涤着昏暗的双眸，让它们恢复清洁和明亮。它是心灵火山爆发的岩浆，苦涩之水前赴后继地滴落，需要大量新鲜的血液涌入大脑。脉管偾张血流澎湃，就像黄河水漫灌了苦旱的平川地，于是万物复苏草木葱茏，思考的藤蔓随之萌芽延展。

现代人放弃休息鄙夷眼泪，他们以为这是不值一提的废物，如同办公室里被粉碎了的过期纸渣。将休息从自己的日程表中放逐，其实是一种慢性自杀。号称从来都不流一滴眼泪的硬汉子，说得悲惨点，就是被阉割了情感的怪物。

让我们在该休息的时候休息，在该流泪的时候哭泣。这不是上帝送给亚当和夏娃的礼物，而是你自己传给自己的生命秘籍。

莺鸟与铁星

在南太平洋的岛屿中，飞翔着一种有着动听鸣叫声的美丽小鸟，叫作莺鸟，它们长着形色各异的喙。岛屿上物产丰富的日子，莺鸟们靠吃多种草子为生，活得优哉游哉。但是，饥馑来了。干旱袭击了岛屿，整个大地好像是刚刚凝固的炽热火山，赤红的土地，看不到一丝绿色。科学家找到一些从前研究过的莺鸟，它们的腿上拴着铁环。观测结果，发现莺鸟们的体重大减，挣扎在死亡线上。

原因是食物奇缺，能吃的都吃光了，唯一剩下的是一种叫作"蒺藜"的草子，它浑身是锋利的硬刺，锐不可当。在深深的内核里隐藏的种仁，好像美味的巧克力封死在铁匣中。蒺藜还有一个名字叫作"铁星"，象征着难以攻克。拉丁文的意思是"挤压和疼痛"。

莺鸟用自己柔弱的喙，啄开一粒铁星，先要把它顶在地上，又咬又扭，然后顶住岩石，上喙发力，下喙挤压，直到精疲力竭才能把外壳拧掉，吃到活命粮草。

岛上开始了残酷的生存之战。没有刀光剑影，唯一的声音就是嗑碎蒺藜的噼啪声。很多莺鸟饿死了，有些顽强地生存下来。科学家想，生和死的区别在哪里呢？

经过详尽研究，喙长十一毫米的莺鸟，就能够嗑开铁星，而喙长十点五毫米的莺鸟，就望"星"兴叹，无论如何也叩不开生命森严的大门。

零点五毫米之差，就决定了莺鸟的生死存亡。在丰衣足食的时候，一切都被温柔地遮盖了，但月亮并不总是圆的，事物的规律跌宕起伏。

我猜想，那些饿死的莺鸟在最后时分，倘能思索，一定万分后悔自己为什么没能生就一枚长长的利喙！短喙的莺鸟，是天生的，它们遭到了大自然无情的淘汰。但人类的喙——我们思维的强度，历练的经验，广博的智慧，强健的体力，合作的风采，幽默的神韵……却是可以在日复一日的积累中，渐渐地磨炼增长，成为我们度过困厄的支柱。

平
安
扣

　　朋友送我一枚翡翠平安扣，红丝绳系着。它
碧绿地沉重地坠在我胸口，澄清中透出云雾状的
"棉"，水色迷蒙。扣的正心有一个完整的孔，仿佛
一支竹箫横断。清冽的空气在扣中穿行，染出一缕
青黛。

　　我问，真的吗？

　　朋友说，什么啊？

　　我说，翡翠呀。

　　友人说，美的你！这么大一块上乘翡翠，价值
连城，把我的身家都卖了，也送你不起的。当然是
假的了，经过化学处理的石头而已。

　　我把平安扣摘下来说，既是假的，那还有什么
意思呢？我看这平安扣，倒是很像一枚铜钱。

　　朋友抚摸着平安扣说，它和铜钱实在是大不同。
铜钱外圆内方，上书"××通宝"的字样，内心尖

锐刻板，实为锱铢必较之相。平安扣不着一字，外圈是圆的，象征着辽阔天地混沌无限。内圈也是圆的，祈愿着我们内心的平宁安远。在它微小的空间里，蕴含了整个壮丽的大自然。它昭示了当你的心与天地一致时，便有了伟大的包容和协调，锁定了你的平安。

我叹了一口气说，讲得虽好，但世事维艰，我们脆弱的心，在历经沧桑之后，怎样才能轻风朗月圆润如初？

友人陪着我叹气说，是啊。没人能承诺我们一生永远晴天，没人能预知草莽中潜藏毒蛇猛兽，没人能勾勒出命运的风刀霜剑，没人能掐算出何时大限将至……从这个意义上讲，纵用尽天下翡翠，打凿出如泰山那般大的一枚巨平安扣，悬挂在星辰间，也是丝毫没用的。然而，外界虽不能把握，内心却可以调适。任你弱水三千，我自谈笑风生，谁又能奈何我们呢？你我也许不知道，命运将在哪一个急转弯处跟跄跌倒，但我们确知，即使匍匐在地，也依然强韧地准备着爬起……

我把石头雕成的平安扣，重又挂在颈上。友人说，送你的翡翠是假，平安的祝福是真。每个人，都是自己的平安扣啊。

人的寿命越来越长。原始人的化石中极少发现罹患癌症的证据，究其原因，除了那时山清水秀无污染，也有学者认为他们三十岁左右就已死亡，根本还没来得及活到癌细胞肆虐的高龄。

日本人的平均寿命已接近八十岁，北京的这个数字也到了七十八岁，女性的寿命还更长一些。这消息让人欣喜，"寿"是东方文化中浓重的一笔喜色。好比一座大厦，原本图纸上盖的是六十层，古话说"人生七十古来稀"嘛！现在居然多出来了二十层，岂能不让生命的开发商喜出望外？建筑面积一下子涨了若干平方米，可以从容安排更多的房客入住了。

人生七彩虹，由幼年、少年、青年、中年、老年等阶段组成。每个阶段都有相对应的年龄界限，比如十八岁以前是少年，三十岁之前是青年，再往后就是中年了……现在楼房加高，各个阶段如何分配就成了新问题。联合国的法子是把青年的尺度放宽到四十五岁，这对所有不愿老、不服老、不承认老的人是个利好的消息。

但我心里总不踏实，一个二十岁的青年和一个四十四岁的青年，是一代人吗？后者简直就是前者的老爸老妈了。孩子和父母同属一个年龄段，固然是美好景象，但实用起来，恐有不便。比如说开发一款面向青年人的时装，二十岁的年轻人求的是袒胸露臂靓丽凉爽，四十多岁的人就要顾忌腰背别受了风，以防跟"五十肩"提前挂了钩。

大学里，常常听到二十多岁的学子，满面娇羞地称呼自己是"男孩子""女孩子"，甚至见过一位四十多岁的离婚女子，沧桑地说"我们女孩子……"，童年就像上等拉面，被抻得如此之长。

唯一没有歧义的，可能是老年了。六十岁以上是老人，一百二十岁也是老人。

多出来的二十层楼如何分配？是把膨大起来的蛋糕均切到每个年龄段上，还是一股脑儿地塞进老年这只集装箱？

回眼检索一生。我的童年还算幸福，吃穿不愁，经常受到老师的夸奖，但那时的我，没有劳动能力，太孱弱也太无知了。这虽然不是我的过错和责任，但童年的长度已达到我忍耐的极限。我至今清晰地记得当时最迫切的渴望——快快长大成人！

青年阶段。我记得那时血气方刚的味道，也怀念一目十行的好记性。体能充沛，奔跑的速度是一生中的巅峰。但我依然决定把多出来的寿命从青年阶段掠过，不再回头。那时青涩冲动，多目空一切的虚妄和浅尝辄止的窃喜。我虽绝不后悔逝去的青春，但我不期望它被延长。

老年阶段是大厦屋顶，琉璃华美反射阳光，也许它的观赏意义大于实用价值。顶楼的房间，即使附送花园也缺个冬暖夏凉的舒适。

中年阶段。这个时候的我，不再豆蔻年华、人面桃花，不能无忧无虑一个人吃饱了全家不饿，负着太多的责任和期待，常常抚摸着酸硬的肩脊眺望远方，不知还有几程风雨横亘荒野。职场的砥柱中流，要承接更多风险。学术的栋梁之材，要秉烛夜读承上启下。侍奉患病的双亲，长夜漫漫，守候着岩洞滴水般的输液瓶。抚慰拼搏中的家人，要有海一样的襟怀、丝绵一样的柔肠……

眼睛已经有一点花了，从昏暗的室内走到明亮的蓝天下，会有几秒钟的恍然，好像一架聚焦不灵的望远镜。额上已盘了细密的皱纹，有些是困难的思考烙印那里的，有些是长久的欢颜聚起来的。手指失去了柔软和灵活，晨起后有轻微的僵直。双腿早已没有麋鹿般的弹跳和轻盈，上下地铁通道，不能跨越两级，只能一个个台阶稳步前进……

尽管有种种的不如意，思前想后，我依旧恳请延长我的中年阶段，因为这是我最勇敢的时刻。

据媒体报道，加拿大一个七岁的女孩弗拉维患有一种罕见的先天性基因疾病脱纳氏综合征，这种由染色体缺失引发的疾病会破坏患者卵子生成。为帮助女儿将来生儿育女，三十八岁的母亲梅勒妮捐出自己的二十一个卵子保存在液体氮气中，以供将来和女儿弗拉维丈夫的精子结合，通过人工授精孕育出孩子。7月3日，在法国里昂举行的欧洲生殖与胚胎学会年会上，加拿大维多利亚皇家医院麦克吉尔生殖中心公布了首例母亲为女儿捐赠卵子的医疗细节。

这项计划自曝光以来一直引发激烈的伦理争议。当天的会上，一名生殖伦理组织的成员认为，梅勒妮没有充分考虑将来出生的婴儿面临的伦理困境。因为就生物学意义而言，弗拉维生下的婴儿将是她"同母异父"的弟弟或妹妹，而梅勒妮不仅是婴儿的外婆，还是事实上的母亲。

梅勒妮表示："我只是在尽可能地帮助我的孩子，给她任何所需要的东西，如果需要我捐出一个肾，我也将毫不犹豫。因为年纪的原因我不得不现在捐献卵子。我将把孩子看作是自己的外孙，弗拉维会照料孩子，将是孩子真正的母亲。"她同时表示弗拉维将决定是否采用这些卵子，"我只是给她提供一个选择，如果她愿意，她可以采用别人的卵子"。

我可以理解梅勒妮的选择。她因为自己的女儿罹患脱纳氏综合征而满怀内疚，她要尽自己的力量帮助女儿，甚至不惜把自己的卵子冷冻起来，以备将来女儿如果需要做母亲的时候，多一个选择。她甚至说出了"如果需要我捐出一个肾，我也将毫不犹豫"这样的话，让人们为母爱的执拗而感叹。

但是，一个卵子和一个肾毕竟有着本质的不同。从梅勒妮的口气里看，好像一个肾比一个卵子更重要，可能是因为捐献出一个肾，对自身身体所受的损伤远比捐献卵子要大得多。但从生命伦理学的角度上来说，卵子和肾的意义是不同的。肾脏是无知无觉的，但卵子关乎到构建另外的一个生命的开端。那个生命将成为有独立人格的个体，他会追问"我从哪里来"这样的终极问题。不知道梅勒妮是否想到，既然她的亲生女儿可以罹患这种先天性的染色体疾病，那么她本人的卵子并不一定是完全健康的。退一万步讲，即使是完全正常的，弗拉维接受了这个卵子并成功孕育，弗拉维将如何面对这样一个同母异父的"孩子兼兄弟姐妹"？即使弗拉维可以面对这个事实，她将来的丈夫是否可以接受这样一个婴孩？纵然他们都可以过关，那么这个孩子长大得知真相之后，是否可以安然维持内心的平衡？

未知数太多了。医学固然可以在技术层面把一个卵子保存几十年，但我相信无论是梅勒妮还是参与这一活动的医生们，都无法清楚地回答以后的问题。在关乎生命伦理的问题上，如果没有想清楚，请不要贸然进入危险的领域，因为这绝不仅仅是技术的问题，它已经进入了造物主的范畴。

对于参与这一操作的医生们，很想问他们一个问题：假如有一对富有的夫妇，出了足够的金钱，要求把他们的精子和卵子分别冷冻起来。一百年后再交配生出一个婴孩，所有的抚养费富翁家事先都储备好了，并指定了基金会负责。试问有人愿意接受这项工作吗？

我想，一定有医生跃跃欲试。一百年，这将挑战所有现代医术的极限啊！

但是，人类社会会接受这个愿望吗？对于一门深入到生命过程以内的科学，医生们应该格外冷静和慎重。

尽一切努力把自己的基因遗传下去，是动物的本能。我虽然能够理解梅勒妮和医生们的想法，但却认为这是一种更高形式的自私。付出比较小的代价，得到自己的内心安宁，却全然不顾这个事件将对他人发生的未知影响，这就是对整个人类社会的不负责任。

荷门医生是犹太人。从前头看，像马克思，有一把大胡子。从后头看，可就一点都不像马克思了。他的后脑勺梳着小辫子。尽管我在访问他之前，知道他是新墨西哥州圣文森医院精神科的主任，但还是无法将他的形象和一位严谨的精神科医生联系起来。白大衣如同太小的糖纸，有一些包裹不住的浪漫的气息，从纽扣和线头的缝隙散发出来。

圣文森医院红砖白屋顶，没有想象中的精神病院那种森冷和光滑，反倒有温暖的倦怠感，在秋阳下蒸发着。荷门医生在门口的绿色藤架下迎接我们。

宾主落座，荷门医生劈头就说，我对中国很有感情。我读博士时的导师，写过一本关于《黄帝内经》的书。我原来在中国有一些朋友，后来，因为我的关系，他们都到美国来了。他们到了美国之后，就同我不再是朋友了。结果闹得我在中国也没有朋友了。

他说这些话的时候，胡子抖动着，有一点伤感，有一点无奈。我就很有一点羞惭，为我的那些同胞，也生出很多惆怅。

在这种气氛下谈话，颇有些开局不利的味道。我对荷门医生说，我不知道自己能否成为您的朋友，但有一点我可以肯定，就是我不会到美国来。中国是我的祖国，我热爱她。我热爱东方的医学。

荷门医生一下子就振作起来，也许我话中的哪一部分打动了他。

荷门医生自称是医疗方面的怀旧者。他说，三十年前，成年病人平均住院十六天以后，才由医生给出正确的诊断和处方，一年以前，这个时间缩短为六天。现在呢，仅仅为三点七天。当然这有医疗检查设备更先进更快捷的因素，但这不是最主要的。最主要的是保险公司说了算，他们要求快，要求缩短病人的住院时间，把大量的病人赶到门诊治疗。这对病人是不负责任的。比如我们这里，以前用于专为青少年服务的病床有十一张，现在只有两张了。原来有专门的儿童精神病科，因为保险公司的反对，就取消了。但青少年中的抑郁症发病率呈不断上升的趋势。百分之七十五的住院病人都为抑郁症。保险公司制定抑郁症的住院时间是六天。这很奇怪，每个病人都是不同的，是医生说了算，还是保险公司说了算？以前是医生说了算，现在不是了。你可以和保险公司争论，但你不会赢。这种医疗保险系统有很大的弊病，医生、医院和病人都不喜欢。不知中国现在是否施行这种保险制度？荷门医生很恳切地问我。

我说，很遗憾，我们的医疗保险制度还很不普及。

荷门医生反倒笑起来，说，那就好。慢有慢的好处，可以把美国的缺点看清楚，在你们进行的过程中弥补，做得更好。

荷门医生的年纪已经不轻了。虽然穿着新潮的T恤，扎着辫子，但我觉得这打扮表示着他的艺术追求，并不体现青春。我向他请教，抑郁症在美国的发病率是多少？

荷门医生环视了一下他的助手们，并不是征询他们的意见，只是为了表明自己以下所发表的看法更具权威性。

他说，抑郁症是一个巨大的文化问题。为什么美国的原住民——印第安人很少有抑郁症发生呢？因为他们的价值观念和现代人是不同的。他们知足常乐。在美国，抑郁症的发病率已达到总人口的百分之二十至百分之三十，女性居多，但是病情严重、自杀去世者是男性居多。州政府已拨出专款进行研究。抑郁症是由于脑内的化学元素不平衡所引发的疾病，由此造成了一系列生理和心理上的紊乱。以前，人们对于抑郁症是比较陌生的。现在通过种种的宣传，有关的知识就普及多了。越来越多的人明白：得了抑郁症，就像得了糖尿病、心脏病一样，这不是耻辱，甚至不是弱点。这并不代表你的无力。它只是一次精神的感冒。任何一个强壮的人，都有可能感冒。

我问，抑郁症住院的标准是什么呢？您刚才说过，这要由医生细致鉴别。

荷门医生说，抑郁症的首要鉴别点是它的危险性——会不会伤害人？这包括伤害他人，也包括伤害自己。

突然一个有趣的问题闯入脑海，但我吃不准荷门医生会不会见怪。试探着说，我有一个小问题，不知会不会冒犯您？

荷门医生一下子来了兴趣，说，请讲。

我说，美国有很多以精神病院为背景的电影，那里面的精神科医生，恕我直言，好像反派人物比较多。这会不会让大众对精神科医生另眼看待？

荷门医生说，这是一个很好的问题。很多人对精神科医生的了解，是从好莱坞电影里来的。觉得精神病院非常恐怖，充满了邪恶。精神科医生都是一些不可理喻的人，有怪癖，是杀人狂等。我觉得，从《飞越疯人院》之后，有了一些变化，到了《被打扰的女孩》，就相当不错了。精神病科学是非常艰苦的科学，做一个精神科医生，是非常枯燥的。因为治疗是一个非常缓慢的过程，而且常常出现反复。还有一些疾病是不可能治愈的，你心里会很悲观。

我说，荷门医生，我很理解您的心情。依我看来，您还是很乐观的。

荷门医生说，我乐观吗？我悲观吗？我不知道。也许我经常在这两极之间游走吧。要说悲观，我的妻子才是真正的悲观呢。她也是一位医生，一位专门治疗癌症的医生。在做了十六年卓有成就的临床医生之后，她突然决定改行，再也不要做医生了。

我吃了一惊，对荷门医生的妻子画了个大问号。美国的医生很受人尊重，不但是精神贵族，也是物质贵族。学出来一个医生，要有很高的投入，成为职业医生之后，收入也很可观。做医生这般风光，怎么突然就转行了呢？是什么原因促使她做了这么重大的转变？

荷门医生说，你很惊奇，是吧？所有的人知道了都很惊奇，除了我以外。让我告诉你为什么。我能理解她，深深地。看着一位位的病人，在化学药物的折磨下，吃尽了苦头，却依然走向死亡，作为一个临床医生，她每天都要受到内心的谴责。她是一个很重感情的人，和病人有很深的情谊。这不仅源自她的善良，也为了更好地工作。只有当病人充分地相信医生，和主治医生有一种高度的默契和信任的时候，药物的疗效才可以发挥到极致。我的妻子正是出于关照病人的福利，才和他们建立起了深厚的感情。但是，那些病人，一个个头也不回地都走了，留下她，孤零零的。她怕极了这种离别。如果她是一个冷漠的人，也许会好一些。可惜，她不是。如果她的记忆力不好，事情也许会简单一些。可惜，她也不是。她没有办法，每一个她经手的病人，都长久地活在她的记忆中。她做不下去了，背负不了这份沉重的担子。为了她自己的健康，她只有辞去医生的工作。

荷门医生讲得很有情感，看得出，他非常了解和爱自己的妻子。

我沉默了很长时间。算是对一个恪尽职守的医生的离去表示惋惜。之后我说，您妻子改行之后，做什么工作呢？

荷门医生的面容一下子如旷野的菊花，摇曳多情。说，她画画。她以前从来没有绘画的基础，但是，她一起笔，就画出一些很美的画。

极端的安静的花，单纯而美丽。我想，她经历了太多的生死，把太多感触都融到画布上了。我在她的画面前，常常作不得声，只有深深的感动。受她的启发，我也开始学习艺术。

我竭力掩饰自己的惊愕，装出坦然。在冰冷的精神病院岩洞，突然听到艺术的钟乳液坠落的声音。真有些不可思议。从这一刻起，我和荷门医生的谈话，就离开了原定的日程，进入了某种私人的领域。

我说，能把您从事的艺术门类告诉我吗？我也当过多年的医生，我能想象到您和您妻子的心境。

精神科权威的荷门医生，变得像小孩子一样天真，还有一点点羞涩。他看了看周围，他的助手们因为有急诊，刚好离开了办公室。他说，我在烧艺术玻璃，很好玩的。我有一间专门的工作室，不知你愿不愿意去看一看？

我说，太好啦！很希望看到您和您妻子的艺术品。

于是荷门医生给了我他的艺术廊的地址。他不好意思地说，我的店在城外，那里租金相对便宜一些。但是地方很不好找，你们会费事的。

我说，抱歉，我的访问计划安排很紧，只有星期天才有一点空闲。不知道那时去您家拜访，会不会打扰您和您的妻子？

荷门医生说，我们等着你们。

在其后的访问中，我焦急地盼望着星期天。计划中，我的陪同安妮星期天是休息日。衷心地感谢安妮，她放弃假日，愿意同我一道走访荷门医生的艺术廊。

秋高气爽的星期天。安妮开着车，我们在高原灼热的阳光下，找到圣塔非郊外一条僻静的街道，走进了一间光彩陆离的画室。

荷门医生的妻子——芭芭拉，是一位温存而寡言的女人。她的面容寂寞而安详，话说得很简短，像几只朴素的鸽子，但眼神柔和，好像是蓝天。于是那些鸽子就有了令人想象的空间。

到处是芭芭拉的画。纯美的静物，毫无声息地瑰丽着辉煌着。还有很多透明的玻璃样的反光，萦绕在那些花朵的周围，让那些花朵有了超凡入圣的光芒，虚幻而超拔。

我觉得这些画很熟悉，好像在哪里看过。当然，我知道自己绝无可能在任何地方看到过这些画。那就只有一个解释了，它们全部是从芭芭拉的梦境流出来的。人类的梦境有一种跨越种族和地域的密码，被芭芭拉轻取手中，并固定在画布上。

一种在我们潜意识里浮动的，对于死亡和生命的感悟。每个人都遗传了它们，它们潜藏在我们大脑黑暗的地下室里，却是距离深邃的地基最贴近的地方。芭芭拉用画笔将它们残酷地挖掘了出来，于是就让每一个看到她画的人，在心底最柔软的地方苏醒和惊悸了起来。在她的画面前，真如荷门医生所说，你无言，不是不想说，也不是没什么可说。你想说，你有很多的话要说，可是你说不出来。那些凄美冷静凝固了的无生命的画面，如同一块沾满香料的毛巾，堵住了你的咽喉，让你有一种室息般的感动。你怕自己一张口，这种感动就烟消云散了。感动是现代人一种久违了的感觉，为了这一份难得的心灵抚慰，所有的人都选择了沉默。

我说，芭芭拉的画，买的人多吗？

荷门医生说，不很多。几乎所有看到的人都说好，但是，买的人并不多。除了金钱上的原因，我也不知道还有什么其他的原因。

我很想对荷门医生说，一些有着深刻寓意的画，是只能看不能买的。买下来，挂在自己的房间，我们脆弱的灵魂经不住这种持久而无可逃避的敲打。如同香氛太盛的花木，夜间要移出卧室。它会使人痴迷。为了维系世俗的平衡，人们只好掉头而去。

想了半天，还是没有说这些话。因为我虽然非常喜欢芭芭拉的画，但我也不会买。我无法承受其中单纯而锋利的冷静。

然后去看荷门医生的彩色玻璃。

烧玻璃需要炉子。我原以为这炉子会很大很牢固，起码也得和烧煤球的炉子差不多吧。一见之下，大失所望。它相貌平平，毫无惊世骇俗的艺术光芒。炉门闭起的时候，如同一个中等大小的微波炉。打开来，看到一些散乱的玻璃，铺排架上，好像一屉待烤的炊饼。银色的铅条夹杂其中，就像果料和香草。

这就是全部吗？我半信半疑，原以为繁复无比的艺术玻璃的烧制过程，居然这样波澜不惊。

这当然不是全部。全部在这里。荷门医生引导我向一边看去。不看还好，看过之后，更是气馁。旁边堆放着大块的彩色玻璃，红黄蓝绿……因为被敲掉了若干部分，看起来支离破碎的，简直像一堆垃圾。

荷门医生沉浸在展示自己工作成就的快感当中，完全没注意到我的不屑。他说，我的工作就是打出画稿，然后用铅条勾勒出优美的线条，彩色玻璃熔化后的汁液凝固在线条之中，一一组装起来，嗯，美丽与神秘就在我手中诞生了……

说实话，我始终也没弄懂彩色玻璃制造的全过程，但我看到了荷门医生眼中光彩四射，我知道这是他倾心热爱的事情。我为自己刚才的不敬感到歉意。

荷门医生说，有时候，我会把一些小块的彩色玻璃，随意放在炉子里，然后关上炉门，开始加热。玻璃在高温下熔化，然后流动，然后融合……我完全不知道在密闭的炉子里，那些玻璃发生了怎样的改变，我无法预计也无法操纵它们。它们——就是那些玻璃，有自己独立的生命，它们按照我们人所不知的规律集合着，分裂着，交织成了新的个体。每当打开炉门，观察融合后的玻璃的时候，我都很激动。我觉得它们被炉火赋予了灵魂。你看，这就是我最近的一些作品。

荷门医生说着，引导我们到另一间展室参观。哈！到处都是玻璃。普通的玻璃聚集在一起，已是明媚灿烂，彩色玻璃聚集在一起，更显出诡谲灵动。若是经过了火的洗礼，发生了神鬼莫测的融会的玻璃集在一起，就有了某种被施了魔法点石成金的意味。色彩缠绕着错落着交织着辉映着……奢华地灿烂着。

我和安妮看得目瞪口呆。荷门医生说，喜欢吗？

我们答道，非常喜欢。

荷门医生说，那我就送给你们一人一块。现在，你们自己挑吧。

喜出望外。我知道荷门医生是个犹太人。我记忆中的犹太人，除了聪明的爱因斯坦和伟大的导师马克思，就是吝啬的夏洛克了。荷门医生当然不属于他们之中的任何一类，但这些美丽绝伦的玻璃，是荷门医生的心血所凝，我实在不好意思在这琳琅满目的宝物之中挑选。

荷门医生看出了我的犹豫。他说，这是我的心意啊，也是我对东方和中国的心意啊。

于是我只有收下了。礼貌的推辞和感谢都不再说，我们摩拳擦掌。安妮让我先挑。

在一大堆美丽的东西里面挑选一件东西，是福气也是为难的事情。看看这件好，再看看那件也不错。提醒自己不可显得太贪婪，便把第一眼看中的那块玻璃拿起来，说谢谢您，我就要这块了。

暗茶色的底子，好像远古的琥珀。上面有一只绿色的麒麟，大张着嘴，好像在打哈欠。在它厚厚的嘴唇上方，有两条胡萝卜样的红色索条，仿佛在诱惑它，又在逃避它。最难得的是在麒麟的肚子上，有两个小孔。你既可以将它想象成某种神秘的穴道，也有很高的实用价值。有了这两个恰好开在玻璃重心处的小孔，这块美丽的玻璃就可以悬挂在粉墙上，构成镂空的欣赏。

荷门医生说，你很有眼光。这是我非常喜欢的一件作品，刚才你在挑选的时候，我还在想，嗯，你会挑中这一块吗？没想到它真的要跟你到遥远的东方去了。以后，它就要走了。你知道，每一块艺术玻璃都是不可复制的。我以后，再做不出同样的一块玻璃了。

我一听忙说，荷门医生，要不我就换一块吧？

荷门医生说，我说这话的意思是咱们的看法很一致，这是缘分。我很高兴啊。如果你看中的是我自己都不很喜欢的一块，那我会想，咦，她为什么和我这样不同呢？现在我们很一致，这是让人高兴的事情。

我说，荷门医生，您是这件艺术品的制造者，您给它起一个名字吧。

荷门医生说，通常这样烧出来的玻璃，你很难说它像什么，是什么。但我看，这块很特别，它像你们东方的一种动物。

我吓了一跳，心想：乖乖，荷门医生真是个中国通啊，他连麒麟都知道。

我说，是东方的什么动物？

荷门医生说，龙。

我大笑，又不想打击他，就说，龙要比这个动物长啊。

荷门医生不服气地说，这是一条小龙。你没看到它还在吃巧克力吗？

荷门医生说着，指了指动物嘴巴上方那两条红色索状物。

我说，龙是不吃巧克力的呀，不管大龙还是小龙。

荷门医生很诚恳地问，那么，龙是吃什么的呢？

这下我真是搬起石头砸了自己的脚。我也不知道龙到底是吃什么的。可能是餐风饮露吧？我正在思忖，可荷门医生是什么人？是响当当的精神科权威啊，我的一颦一笑当然瞒不过他的眼睛，他说，我不管你的那些龙吃什么东西，反正我的这条龙是吃巧克力的。

芭芭拉一直微笑着听我们说话，此时插进话来，说，荷门最喜欢吃巧克力了。所以，他让他喜爱的动物，都吃巧克力。

原来是这样！我深深地为自己刚才的莽撞内疚，赶忙改弦易辙，说，对对，这条龙吃的是巧克力。

我的心思又被荷门医生看穿，怕我难堪，他说，你觉得这不是巧克力，那么，我就把它的名字命名为"会吐火的龙"。这两条红色，就是它吐出的火。它是一条正义的龙，吐出的火，会把一切的邪恶烧毁。

荷门医生说这些话的时候，很有疾恶如仇的风骨。他把《会吐火的龙》郑重地交到了我手上，让我猛地想起了一句古诗：友人赠我金错刀……

芭芭拉又把《会吐火的龙》接过去，用很厚的鱼眼塑料布包好，对我说，你带着它，远涉重洋也不会破碎。

荷门医生从书架上拿出一个细长脖颈的玻璃瓶子对我说，猜猜看，这里是什么东西？

安妮惊呼道，这个瓶子的式样好古朴啊。

我对外国的瓶子素无研究，在我眼里，它们都是一模一样的怪气。瓶子里盛着一些茶水色的液体，显得神秘。

酒吗？我没什么把握地说。主要是看荷门医生对此瓶子的珍视程度，我猜它可能是百年老酒。

荷门医生得意地笑起来，说，没有人能猜出它里面装的是什么。不是酒。它比酒要宝贵得多。因为别说是百年老酒，就是更老的酒，我相信这世界上也一定有人保存着。我的这样东西，我相信这世界上再也不会有第二份的。

荷门医生的话，激起了我的好奇心。我说，到底是什么呢？

荷门医生说，我是犹太人。我的父亲是药剂师，我的祖父是药剂师，我的曾祖父也是药剂师。这是一百零六年以前，我的曾祖父亲手配制出的止痛糖浆。那时候，芝加哥瘟疫大流行，曾祖父就配了很多糖浆，分给病人。后来，得病的人越来越多，药品越来越少了，祖父就留下了一瓶，怕自己家里的人病了，找不到药。再后来，瘟疫过去了，这瓶药也就放在那里，一直没有人动过。随着年代的久远，它成了我们家的传家宝，一代一代地传下来。在我祖父的那个年代，只要喝几滴这样的糖浆，人的病就会霍然痊愈。这神奇的药水的名称叫"生命之油"。只有给马治病，才会用到整整一瓶药。现在呢，你跟我来看……

荷门医生一边说着，一边引我走到一个大药柜前。拉开柜门，满满一柜子精装的药品，拥挤不堪。荷门医生说，你看，这些都是各大药厂免费赠送给开业医生的药品。他让我们把这些药品开给病人，然后病人就有可能接受这些药品，长期应用它们。这样药厂就有很可观的利润收入了。到处都被商业目的驱使着，我作为一个精神科医生，感到非常悲哀。我深知这些药物的副作用很复杂，有些简直就是毒药。但是病人不懂得那么多，在广告的蛊惑下，他们固执己见地要求吃这些药……我的心情很矛盾。所以，我要到艺术的殿堂里寻找一个精神的栖息地。你想做一个好的精神科医生嘛，那你至少要有一项稳定的热烈而持久的业余爱好，松懈舒缓你紧张到极点的神经，才能保持住体力和精神的不衰竭。

分手的时候，我问荷门医生，你估计，你曾祖父的那瓶药水还有效力吗？

荷门医生说，我不知道它还有没有效力。即使是一种很稳定的药品，这么多年过去了，药效也衰减到几乎没有了。它对我是一种象征。一个医生，要用最少的、最有效的药物，医治你的病人，而不是想着怎样从你的病人的口袋里，拿出更多的钞票。这是我的曾祖父传下来的话。

压力本来是一个物理上的词汇，比如气压、水压、风压……推广开来，医学上有血压、脑压、颅内压等，多属于专业领域，不料如今风云突变，压力成了高频词。

生活有压力，经济有压力，学业有压力，晋升有压力，人际关系有压力，情感世界有压力，婚姻也有压力……人们的交谈中，无不涉及林林总总的压力。压力已经像打翻了的汽油桶，弥散到现代人生活的各个领域，散发着浓烈的气味。我们躲不胜躲，防不胜防，不定在哪个瞬间，就燃起火焰。

其实适当的压力，是保持活性的重要条件。如果空气没有了压力，我们的呼吸就会衰竭。如果血液没有了压力，我们的四肢就会瘫痪。如果水管子没有了压力，那结果之伤感是任何一个住在高层楼房的人士都烂熟于心的，你将失去可饮可用的清洁的水。20世纪的石油英雄王铁人也说过——井无压力不出油，人无压力不进步的豪言壮语。

只是这压力需适度。比如冬日里柔柔的阳光照在身上，这是一种轻松的压力，让我们温暖和振奋。设想这压力增加十倍，那基本上就成了吐鲁番酷热的夏季，大伙只有躲到地窖里才能过活。假如这压力继续增加，到了一百倍一千倍的强度，结果就是焦炭一堆了。

现代人常常陷于压力构建的如焚困境之中。也许是某一方面的压力过强，也许是许多方面的压力综合在一起。如是后者，单独究其某一方面的压力，强度尚可容忍，但积少成多日积月累，细微的压力堆积起来，就成了如山的重负。金属都有疲劳的时候，遑论血肉之躯？如不减压，真怕有一天成了齑粉。

人们常常把读书称作"读闲书"，说的是人有了闲暇，才能静下心来读书。我建议忙人更要读书。你有必要在百忙之中再添一忙，那就是抽出时间读读有关压力的书。读完之后，百忙也许就缩减成了七十忙或五十忙，你就有了喘息和伸展腰肢的时间。

寻找压力的种种成因，为扑朔迷离捉摸不定的压力画像，澄清了我们对压力的模糊和迷惘之处，让折磨我们的压力毒蛇从林莽之中现形，让我们对压力的全貌和运转的轨迹，有较为详尽的了解。中国的兵法上有句古话，叫作"知己知彼，百战不殆"，当你认识到了你所承受的压力的强度和种类，在某种程度上我们就已经钉住了压力的七寸。

如果你因压力忙到无力自拔，忙到昏天黑地，忘记了自己的生日和家人的团聚，忘掉了自己如此辛辛苦苦究竟是为了什么，如果你想改变，就试着了解压力吧。当你明白了压力的起承转合，找到了适合自己的减压方式之后，你的呼吸就会轻松一点，胸中的块垒也会松动出些微的空隙。坚持下去，持之以恒，那么也许在某一个清晨醒来的时候，你会冲出压力的重围，轻松地飞翔起来。

药是一把斧。斧正这个词，就像贴身的衣服一样适应用在药身上。所谓斧正，就是用斧子把鼻子上的白灰砍掉，却要保留鼻子的完整。把药用到这个份儿上，也是挺难的事。病人就像一个美人，药多一分嫌长，少一分嫌短，当大夫的手艺就显出来了。

不论多么千奇百怪的药，不是属矛的就是属盾的。作用无非两种：杀灭病害、保养自身。人与疾病的斗争，是一场冷兵器的搏斗。医生不可能钻进病人的身体里去帮助厮杀，只有借助药力。药是医生手指的延长。

那些攻伐性质的药物，像小型的炮弹，炸毁病疽，就得用得准，用得狠。太弱的火力，姑息了恶处。太强的爆破，又恐造成过人的废墟。

那些纯是护卫病人的药就相当于盾了。医生把它注入病人体内，就像把一匹柔软的绸缎铺在那些需要保护的脏器上。珍贵的瓷器只有在层层叠叠的包裹下，才不会在突然的打击下破碎。

药多是苦的，所以说良药苦口利于病。世上甜的东西太少，只有蜜糖这一个家族。苦却是有许多种，苦咸、苦涩、苦辣……人们常用甜来比拟幸福，用苦来形容不幸。但药的苦和不幸又有大不同。有病是人生一劫，药是用来帮你的。助你的并不一定一开始就使你舒适，甚至会在短时内加剧你的苦难。比如化疗的药物，对人的伤害实在惨烈。但人们勇敢地接受了它，因为它在严峻的面孔后面帮助我们战胜最凶恶的癌症。

为了制伏药的苦，人们开始在药里掺糖。但这几乎是没有用的，因为苦的效力比甜要大得多。只要一点点的苦就可以抵得过许许多多的甜。人为什么容易记住苦难呢？我想这一定和人的生理构造有关。人习惯于身体的安宁，并不觉得它是珍贵的礼物。一旦丢失了，就刻骨铭心地怀念健康。长久的怀念，是一种标准的痛苦状态。对于病人，怀念实在是该杜绝的思绪。让我们在药的帮助下重新开始。

那一年闹假药，有的人还为假药鸣不平，说那其实是不害人的，不过是些红糖粉，甜丝丝的，吃不死人。红糖粉自然是没罪的，但用它充了药，罪过就大了。药是给人治病的，用一种根本不治病的东西来假冒，不是欺瞒生命吗？报载乡村的医生为了省钱，买了伪劣的假药，结果自家的小孙孙命丧黄泉。这就是假药对人的惩罚。

从此，我吃到太甜的药，总疑心是假的。

然而药的苦，也总使人耿耿于怀。于是发明了把药裹在糖衣里的战术。倘若病得不很重时，我还是挺喜欢吃那些花花绿绿的药片的。它们像五彩的糖豆，使人在病痛的朦胧中回到童年。

我还是更喜欢白白净净本本分分的普通药片，觉得它们像清纯的女孩。现在药的包装是越来越华丽了，有的精致如金属的工艺品。我想药还是朴素为好。再没有什么比药更需注重内在的质量而不必在意装潢的豪华。面对那些炫人眼目的药品盒，我总想它不是给真正的病人预备的，而是礼品的一种。

人在垂危时，会把所有的希望都寄托在药上。好像生命的精髓都储存在形形色色的药罐里了。药有的时候有用，有的时候无用。有用的时候，人们就感谢药。无用的时候，人们就咒骂药。其实药只是外力，只能帮人的忙，却不能代替人的生命。当死亡张开它黑色的斗篷的时候，药只不过是一把迷惑它眼睛的沙。

药里有一族，叫作秘方。就像人里面的隐士，平日藏在深山老林，偶尔才露峥嵘。我坚信里面有珍宝，把许多动植物搅在一起，有时会出现惊奇的效果。但里面也有莫名其妙的方子。"文革"时，我在一本厚厚的书里看到一则治感冒的秘方，是取自己尿湿的被子一条，罩在头顶，在阳光下暴晒。晒到被子干，感冒就好了。我当时瞠目结舌，现在更觉得不可思议。那也许只是人们一个恶意的玩笑吧。

医药医药，说到底，还是医在先药在后。单有医而无药，像是一把有柄无锋的剑。当医生的坐而论道，侃侃而谈，可以叫你病得清楚，死得明白。至于能否还你一个健康，就要看各人的造化了。要是有药无医，便是盲人瞎象锦衣夜行，更有夜半临深渊的危险。我对现在电视里地毯式轰炸的药品广告颇不敢赞同。医学毕竟是一门专门的学问，国外的医生都拿高薪，就说明不是随便哪个人全能当得了的。好在我们广告里的药多温和多滋补，多吃点儿少吃点儿估计问题不大。

　　人类生存了多少年，药就跟随了我们多少年。如今全世界都在研究治疗艾滋病和癌症的药，药是人类延续自身最忠实的伙伴。

这几年，"缘"字泛滥，见面就是缘。

在翠绿的伊犁河谷，一位哈萨克少女，高擎着马奶子酒说，尊贵的客人，世上最高最长远的缘分是什么呢？是吃啊！一生下来，婴儿就要吃。到不能吃的时候，缘分也就尽了。人们因吃而聚，因吃而离……

那一天，所有的味道，都被这句话漂白。

吃是笼罩天穹的巨伞。甚至从生命还没有诞生，我们就开始吃了。构成我们机体原初的那些物质：骨的钙，血的铁，瞳孔的胡萝卜素，头发的维生素原 B_5，肌肉的纤维，脑神经的沟回……无一不是我们从大自然攫取来的。生命始自吃大自然，大自然是胚胎化缘的钵，这就是最洪荒的缘分啊。

出生后，我们开始吃母亲。乳汁是世界上最完整最易于消化吸收的养料，妈妈的胸怀，是我们赖以生存的谷仓，遮风雨的帐篷，温暖的火墙和日夜轰响的交响乐团（资料证明，婴儿在母亲的心跳声中，感觉最安宁，因为这声音的节奏，已融入孩子永恒的记忆）。因为吃与被吃，母与子，结成天下无与伦比的友谊，这种友谊被庄严地称为"母爱"。

长大了，我们开始吃自己。养活你自己，几乎是进入成人世界最显著的标志。填平空虚的胃，曾经是多少人惨淡经营的梦想。待统计到国计民生上，温饱解决了，我们就能进入小康，吃——此刻不仅仅是食物，更成了逾越文明纪录的标杆。吃是基础，吃是栋梁。有了吃，一个民族才能在世界的麦克风中有扩大的声音；没有吃，肚子咕咕叫的动静压倒一切，遑论其他！

夫妻走到一块儿，叫作从此在一个饭锅里搅马勺了。吃是男女长久的媒人和黏合剂。

普天之下，熙熙攘攘，多少酒肆饭楼，早茶晚宴，都是为吃聚在一处。古往今来，不知有多少大事在觥筹交错中议定，有多少金钱在餐桌下滚滚作声。

为了吃，人是残忍的，远古时曾尝遍了包括人自身在内的所有生物。进步了，不再吃人；科学了，不再吃有害健康的食物。但人的好吃仍是无与伦比，毒蛇有毒，拔了牙吃；河豚烈性，剥了内脏继续吃。珍禽异兽，都曾被人烹炸清炖，吃了南极吃北极，先是磷虾后是鲸……人是地球上能吃善吃的冠军，狮子老虎都得自叹弗如。

吃到遥远的地方，吃出奇异的境界，是人类永不磨灭的理想。所以人总想吃出地球去，吃到太空去，到另外的星球上找饭辙，这便是无限神往的明天了。

到什么也不想吃的时候，生命已到尾声，与这世界的缘分将尽了。所以能吃是最基本的缘分，切不可小觑。与"能吃"的可爱相比，功名利禄都是泔水。吃亦有道，需吃得聪明，吃得正大，吃得坦荡，吃的是自己双手挣来的清白，吃才是人间的幸福。

珍惜能吃的日子，珍惜一道举筷的亲人，珍惜畅饮的朋友，珍惜吃的智慧。敬畏热爱供给我们吃的原料，吃的场所，吃的机会，吃的概率的源头——大自然与母亲！

我当医学生的时候，听过这样一个故事。人们把许多种已知的养料混合在一起，喂小白鼠。刚开始，小白鼠长得很好，人们心中窃喜，以为科学已经掌握了所有生命必需的养料。没想到过了一段时间之后，小白鼠就蔫了，没精打采的。再过几天，情况更糟了。如果不赶紧抢救，简直就有生命危险了。人们就加用各种天然食物喂小白鼠，最后发现浸过米糠的水最有效，小白鼠喝了之后，精神抖擞恢复了活力。后来，人们在米糠水里找到了大名鼎鼎的维生素 B_1。

好的文学作品就像维生素一样，好的童话更是富含维生素的橘子和凤梨。没有它们，我们只掌握数学、语文、化学、物理等知识，在一段时间内，也可以谈笑风生，显出运筹帷幄的样子，但是，当我们缓缓走过一生，特别是经历风雨、跋涉险阻、遭遇坎坷、境遇艰难之时，就会缺少一种强大的内力。阅读名著，会使我们的心灵变得更开阔更芬芳。它们不是长篇累牍的说教而是沁人心脾的透析，它们不是枯燥无味的教条而是风趣幽默的聊天，它们不是耳提面命的训导而是月朗星稀的悄悄话，它们不是把你的思绪当成它的跑马场而是朋友般的促膝谈心直到永远……

今天晚上就开始阅读好的童话吧，如同一杯浓浓的果汁流入心田。

年龄的颜色

如果在词语上涂抹颜色，把红色比作褒奖，把黑色比作贬斥，婴儿的诞生就是一枚艳丽的圣女果铿锵落下，年龄调色盘就此开始旋转。

幼儿无疑是樱红色的，皮肤水嫩吹弹得破，胎毛柔软双眸晶亮，对成年人的依偎更使长辈人在辛苦的同时，感到被信任的幸福和施与哺育的责任。

当一个幼儿长成少年，他们开始反叛和桀骜不驯，但眼光依然秋水般明澈，恣肆汪洋之下依然是可爱的探索和希冀。

如果说到青年人的颜色，我想是金红色的吧？不仅仅是红，而且有了逼人的光芒和灼热的火焰，有炫目和烘烤之感。

对于中年人……注意，当我们说到这个词的时候，会不由自主地把音速放缓，深深地吸进一口气。我们会感到平稳和力量，会感到深厚的功力和外柔内刚的主动。用颜色作比方，此时的他们是沉静而内敛的枣红色，有了一点点不易察觉的黑色潜藏其中，恰到好处，让红有了滑利的平台和根脉的债张。

随着年龄的增长，调色盘中的红色悄悄地隐没，黑色如荒草蔓延滋生。他们颊上的光润，无可挽回地凋落了，血脉开始干涸。雪白的牙齿无论怎样保护，已出现松动和脱失。漆黑的须发无论怎样濡养，却也躲不过秋霜的点染。矫健的双腿注入了滞涩的尘锈，锐利的双眸需要借助镜片的帮忙才能看清书本……他们无可逆转地进入了老年，沉暗的黑幕跳着优雅的华尔兹，温和地不动声色地蚕食着红色的舞台，旋转着将你带到遥远的天际，那里有星星点点的光芒、如银的残月和无边的静夜……

这不是一个悲观的预测，而是一个透明的事实。如果让我更赤裸裸地说出真实，那就是这个规律对于女人来讲，更坚定和不容商榷。如晦的黑色会更早地出现，娇嫩的红色会更快地淡隐。什么美容整容化妆术，都遮盖不了本质的嬗变。当绯红退潮酱黑涌入的时候，有一个专用名词，这就是"更年期"。我觉得这个名词起得挺妙——变更年龄的时期。追本溯源，什么年龄变更了呢？是一个女人从生殖的年龄变到丧失了这种功能的年龄。

这在远古，一定是一个令女子非常可怕的改变。对于种族和家系的繁衍，她已归零。生产力低下的时代，繁殖的本能，是女性赖以生存的极为重要的资源。更不消说，由于激素的变化，她的身体内部出现了一系列陌生的信号，令她震惊和不适。她有可能暴躁和哭泣，会面部潮红情绪波动，会丧失部分劳动能力甚至难以与人和谐相处……凡此种种，现代科学将之冷静地归纳在一起，打了一个大大的文件包，名曰"更年期综合征"。

更年期综合征是一组症状，在已知的疾病里面，它既不是最难治的，也不是最严重的。不像"非典"或"禽流感"，它不传染。所有不曾早夭的女人差不多都会被它淋湿一遭。在某种程度上说，症状如不剧烈，它几乎不能算是一种病，只能说是一个生理阶段，有一种广义上的必然。据现代科学研究，男性也会有"更年期"，体内的荷尔蒙也会衰减。他们也同样难逃生殖机能从衰减趋向沉默的恢恢法网。

有趣的是，你可以观察，大多数人，尤其是年轻人，在谈起"更年期"的时候，嘴都会不由自主地撇一下，以表达不屑和厌恶。或者说，当他们具体针对某个人的时候，由于关系的紧密和礼节的顾忌，这种情感还比较收敛的话，当这个名称抽象起来，成为单纯的标签时，这种轻漠和鄙弃将表达得十分充分和无所顾忌。

年龄上的傲慢，是进化中的化石。现代科技与文明，已经大大地延续了人类的年龄，但那些来自远古的律令，依然盘踞在我们意识的岩缝里。

在动物世界，过了盛年的个体，就滑到了边缘和死亡，某些物种，完成繁殖之后，几乎立刻结束了生命，把尸身盛在盘子里变作后代的佳肴。人是一个例外，这个例外由于科技的助力，变得更加突出了。

但我们在意识层面之下对于古老法则的延展，却还是根深蒂固的。

有人说，提出了问题就等于解决了一半。在年龄歧视这方面，我可不乐观。提出问题不是解决了一半，仅仅是觉察而已。

　　你认定了一个男人或是一个女人为终身伴侣，就是斩钉截铁地拒绝了这世界上数以亿计的男人和女人。也许他们更坚毅更美丽，但拒绝就是取消，拒绝就是否决，拒绝使你一劳永逸，拒绝让你义无反顾，拒绝在给予你自由的同时，取缔了你更多的自由。拒绝是一条单航道，你开启了闸门，就奔腾而下，无法回头。

　　拒绝的实质是一种否定性的选择。

　　我们的拒绝常常过于匆忙。这是因为我们在有可能从容拒绝的日子里，胆怯地挥霍掉了光阴。我们推迟拒绝，我们惧怕拒绝。我们把拒绝比做困境中的背水一战，只要有一分可能，就鸵鸟式地缩进沙砾。殊不知当我们选择拒绝的时候，更应该冷静和周全，更应有充分的时间分析利弊与后果。拒绝应该是慎重思虑之后一枚成熟的浆果，而不是强行捋下的酸葡萄。

结婚通常是在我们尚未完全明了它的严重性前，就匆忙决定了的一件事。

它是年轻人最大的也是最初的一场赌注。

晚婚和思考可以部分地补救我们的缺乏经验。

但它从根本上说，是不可预测的。

现代文明给了我们弥补的机会，这就是离婚。

如果一个人从第一次婚姻里学到的不是正确的经验，就可悲地进入了一轮更盲目的赌博。

失败有时可以提供教训，有时会使我们更加昏了头脑。

女孩为了使自己显得可爱，就不由自主地在男人面前装傻。

喜欢傻女人的男人，不是自己弱智，无法同聪慧的女孩并驾齐驱，就是旧礼教的信徒，以为女子无才便是德。

同这样的男人分手，原是不足惜的。

夫妻吵架表面上看来都是因为极小的事情，但下面常常潜伏着由来已久的情感危机。假如我们不想分手，就一定要把这股暗流找出来，清醒地对待它，排解它。

当我们守候在年迈的父母膝下时，哪怕他们鬓发苍苍，哪怕他们垂垂老矣，你都要有勇气对自己说：我很幸福。因为天地无常，总有一天你会失去他们，会无限追悔此刻的时光。

我不相信一见钟情。钟情其实是"一见"之后经过漫长时间思索的确认。如果只有一见，而没有其后的八见、十见、百见……情就始终无所黏附，不过是飘在空中的尼龙丝。

如果真的因一见而没齿不忘，那实际上钟的不再是情，而是自己浪漫的想象与幻觉。

幸福并不与财富、地位、声望、婚姻同步，它只是你心灵的感觉。

对于我们的父母，我们永远是不可重复的孤本。无论他们有多少儿女，我们都是独特的一个。

假如我不存在了，他们就空留一份慈爱，在风中蛛丝般无以附丽地飘荡。

假如我生了病，他们的心就会皱缩成石块，无数次向上苍祈祷我的康复，甚至愿灾痛以十倍的烈度降临于他们自身，以换取我的平安。

我的每一滴成功，都如同经过放大镜，进入他们的瞳孔，摄入他们心底。

假如我们先他们而去，他们的白发会从日出垂到日暮，他们的泪水会使太平洋为之涨潮。

面对这无法承载的亲情，我们还敢说我不重要吗？

母亲的关切就像一件旧时的毛衣，在严寒的日子里我们会忆起它的温暖，在风和日丽的春天，我们就把它遗忘。但对母亲来说，每一缕思念都那样绵长，每一条关于我们的音信都令她长久地咀嚼。我们每一点微小的成绩都会熨平她额上的皱纹，我们的每一次挫折和失误都会令她扼腕叹息……

一个不爱母亲的人，基本上是没有救的。无论他取得了怎样的成就，在他的内心深处，永远是冷漠。

　　一个家就像一潭水，经常有风和石头经过，扰乱平静。夫妻间发生争执的人和事，有时同自家没一点关系，颇有株连的味道。比如遥远的地方有一个女人死了，妻子说，真吓人啊。丈夫说，有什么了不起？这世上每天死的人多了去了。妻子就说，想不到你是这么一个绝情的人，有朝一日我死了，只怕你也无动于衷。丈夫说，这不是强加于人吗？她死和你死有什么关系呢？真是小题大做！妻子说，我都要死了，你还说是小题，在你心里，究竟谁才是大事?! ……于是争吵就水到渠成地发生了。

　　家是一个那么容易发生地震的地方，其频率和强度大大超乎我们的想象，震中却往往不足挂齿。好像人们相知得越多，越难以彼此从容地体谅。如果说我们对外界的人，还有耐心探讨动机的多种可能性，做出比较理性客观的判断，对在同一屋檐下爆发的争吵，几乎从一开始就认定对方是挑衅和非善意。我们可能为一件毫不相干的人和事，发起剧烈的口角，直到完全忘记了唇枪舌剑的诱因，只遗留下锋利言辞对彼此心灵的伤害。每逢阴雨，那伤痕还会像蚯蚓似的蠢蠢欲动。

或许对家庭的势力范围，做个明确的划分会有益处。家是我们共同的领地，它从建立那天起，就是一个崭新的国度。每个男人和女人，在婚前都有自己的疆界和朋友。走到一起来的时候，除了携着自身，还举一反三地带来了原先的爱好、习惯和亲朋……要知道，新组家庭的国境线，并不是男女双方原有管辖区域简单地算术叠加。如果你悲惨地那样以为了，就会对不期而至的遭遇战惊诧莫名，被无穷的战火轻则熏伤重则灼灭。

每一对夫妻都需要细致地研究，这个刚刚诞生的小小联合体，有哪些不同的兴趣和特殊的禁忌。

当我们对某一人和事慷慨陈词的时候，也许表面上看不出血肉相依的联系，但实际上凸透的是自己对世间的特定视角。既然我们在其他场合，都可以谦虚地承认自己并非万能，在家中为什么要强硬地固执己见？想来是希望最亲近的人，能与自己心心相印。一旦遭到误解和反驳，愤怒和沮丧便呈现三倍的猛烈与尖锐。

所以，对于那些敏感而无关大局的话题，明智的办法就是像两个边境不清的邻国，各自后撤，以便维持和平共处。

无伤大雅的分歧，可避让与迂回。对远处的人和事，不妨模糊朦胧，求同存异。对那些有可能导致战火的危险话题，明智地腾挪躲闪。对共同感兴趣的部分，大张旗鼓同仇敌忾。

当然疆域可以渗透，可以磨合，可以扩展，可以融会贯通天下大同。但那需要时间，很漫长的时间，也许一生一世。涂抹疆域界线的橡皮，只能是爱。持之以恒地相互热爱，甘远醇厚。爱到心驰神往，爱到天人合一。

家可以延伸得很远很远，包容大千世界。家可以蜷缩得很小很小，仅两个人也打得不可开交。家的边陲可以绿树成荫繁花似锦，围起一个小鸟的天堂。家也可以狼藉一片血流漂杵，筑成一双男女的死牢。关键需每位成员既是国王也是兵，建设它守卫它，和谐地调整家的内政外交，处理好家的边关防务。

在家的日子，我们要更宽容，更聪慧，更善良，更真诚。

家无垠。

家是什么？

家会很小很小，螺蛳壳是蜗牛的家。家会很大很大，宇宙是星星的家。

家会很轻很轻，像一粒浮尘，被人一指掸掉，不留一丝痕迹。家会很重很重，像一座铅山，压在脊上，寸步难行。

家会很快乐很幸福，像一眼不老的喜泉。家会很凄楚很悲凉，像一汪深不可测的泪潭。

问年轻人：家是什么？

他们回答：家是粉红色的玫瑰，有刺更有蕾。家是甜蜜的吻、热烈的拥抱、柔情似水的情话和思念时的邮票。

问中年人：家是什么？

他们回答：家是心灵与肉体的港湾，能停泊万吨巨轮也能栖息独木小舟。家是无私的付出与接纳。

家是脱去疲劳的热水澡。家是一个苹果，你一大口，我一小口。家是一副重担，我愿这边的力臂短，你那边的力臂长。

问老年人：家是什么？

他们回答：家是黄昏湖边的搀扶，家是灯下互相剪去丝丝白发。家是一件旧风衣，风也是它雨也是它。家是虽非一见钟情，却望白头偕老的漫漫旅程。家是墓前的一枝黄菊。

问孩子：家是什么？

他们回答：家是妈妈柔软的手和爸爸宽阔的肩膀，家是一百分时的奖赏和不及格时的斥骂。家是可以耍赖撒谎当皇帝，也得俯首听命当奴隶的地方。家是既让你高飞又用一根线牵扯的风筝轴。

问情人：家是什么？

他们回答：家是舔着伤口的两只狼，家是荷尔蒙的汹涌分泌。家是一日不见，如隔三秋。家是猜忌、争执、思恋、指责的杂耍场。家是枕边泪窗前月，家是今夜你会不会来？

问养家的人：家是什么？

他们说：家不是勋章，你挂在胸前，别人也看不见。家是一条暗地里逼你不断挣钱的鞭子，直抽得你遍体鳞伤。

问弃家的人：家是什么？

他们说：家是一种能力，一种学习。我自忖无力从那里毕业，就中途逃亡了。

问无家的人：家是什么？

他们说：家是羁绊，家是约束，家是熄灭人创造激情的沼泽地，家是一种奢侈的靡费。

问恋家的人：家是什么？

他们说：家是树上的喜鹊窝。纵然世界毁灭了，只要家在，依然有一切。

问恨家的人：家是什么？

他们说：家是爱情的终点，家是英雄气短的坟墓。家是累赘，家是负担。家是挂在你项上的枷锁，家是你自卖自身的契约。

我不知世上还有另外的场所，会如此众说纷纭，褒贬不一。

综观家庭，是大千世界的缩影。人们在家中卸去重重角色的面具，露出天然嘴脸，最坦率最赤裸。人性的善与丑，方寸之间，纤毫毕现。一代伟人，能治理好一个国，未必能调理好一个家。能统率千军万马的将军，可能是妇孺裙钗下的败将。

有人以为家是最自由最放任的所在，可以放荡不羁。其实，家是最考验责任感的圣坛。对一个你所挚爱的人都不忠诚，你还能为世人所信吗？对一个托付终身的人都无法负起责任，你还能承诺他人的期嘱吗？连自己的一脉血缘都不能照料和抚育，你还能爱国爱民吗？在家中，我们看到了太多的丑恶。对亲人施暴的人，不可能对他人仁慈。在家中阴郁的人，不可能对太阳微笑。在家中诡计多端的人，不可能真诚对待友人。在家中粉饰虚伪的人，不可能直面惨淡人生。

如果没有准备好，请不要撕下走进家庭的门票。如果没有爱自己也爱他人的能力，请不要构造家庭的地基。

很多人抱着从家庭掠取支援的动机，匆匆为自己寻一个可供汲取能量的后勤仓库。殊不知，家庭不是无中生有变出魔力的黑斗篷。家庭的温暖，先要无私无偿地培养和付出，然后才像春草，毛茸茸地生长起来。一旦失去了爱情的滋养，再稳固的家也会很快风化。爱的力量，有时很巨大，有时很贫瘠，全看你是否以心血灌溉。

家庭里如果没有神圣感和勇气，请别要孩子。

家庭缔结之时，并不是简单的男女人数相加，而是诞生了另样的结构：一个崭新的物种。这个物种的花朵和果实，就是孩子。

一花一世界，一家一宇宙。婴儿降临世上，家是包裹他的蛹壳。倘若家中注满健康的爱的花粉，他就吸吮着它，用爱滋养构建着自己的听觉嗅觉知觉，渐渐地酿成心中小小的蜜饯。在爱中长大的孩子，爱是他的羽衣，爱是他的长矛。在爱中蓬勃成长的孩子，他看天下，就比较的明朗。他看人性，就比较的乐观。他看自身，就比较的尊严。他看他人，就比较的客观。他看丑恶，就比较的勇敢。他看前途，就比较的光明。他看事物，就比的地冷静。他看死亡，就比较的泰然。

在纷乱和丑恶的气氛中成长的孩子，是伪劣家庭的痛苦产品。他们在家中最先看到并习得的待人处世经验，是破碎疏离和粗暴残酷。他们是那样幼小，缺乏分辨的能力，以为这就是人世间的模型。当他们走进社会的时候，会不由自主地以不良家庭的模式对待他人，将紊乱与不协传染到更远的范畴。更令人惊惧的是，来自不完美家庭的孩子们，彼此具有病态的吸引力，仿佛冥冥中有一块恶作剧的磁石，牵引性格有缺憾的男女，格外同病相怜，迫不及待地走到一起。病态中建立的家庭，如履薄冰，全是悲剧。如果不能卓有成效地打断铰链，这种会伤人的家庭，就像顽强的稗草，代代相传，贻害无穷。

　　家可以很单纯，一个人也是一个完整的家。家可以很复杂，整个地球是一个共同的屋顶。

　　家啊，是理解奉献思念呵护，是圣洁宽容接纳和谐，是磨合欣赏忠诚沟通，是心心相印浪漫曲折生死相依海角天涯。

有首歌很火，叫作《吉祥三宝》，爸爸妈妈和孩子，音色搭配在一起，犹如杏黄的哈密瓜瓤、雪白的香蕉肉、碧绿的猕猴桃被浅绯红的浆汁裹在玲珑剔透的沙拉钵里，酽醇人生。有没有一些原来不准备要孩子的丁克和准丁克们，在听了这首歌之后，恍然大悟求贤若渴般地想要孩子了呢？不知道。或许，有吧。

但就歌词来讲，不觉有多么聪慧。好在一首歌毕竟不是一所讲堂，能让我们的心蓬松一小会儿，已是天籁。关于家，关于三宝，古人也曾留下一句话，其狡黠练达，似在吉祥之上。

那句话是——你听好了，别被吓一跳。如今人们信奉的是美女娇妻郊外豪宅光鲜服饰，那句话反其道而行之：家有三宝——丑妻、近地、破棉袄。

我听过一个彻底信服这句谆谆教诲的中年男子，

畅谈心得。

丑妻。谁不想要貌美如花一笑百媚的妻子呢？现代化妆包括刺刀见红瞒天过海的整容术，已为世界批量打造出了庞然的美女纵队。鱼龙混杂的真假美女，如过江之鲫越来越多。可惜夫妻不是风云会聚的舞伴，生儿育女不是人面桃花的晚宴。你不能抗拒时间，你不能在基因上涂抹防皱膏。灶头床尾耳鬓厮磨，你一定会看到铅华洗尽的赤裸和睡眼惺忪的倦怠。如果你是个寻常男子，就请珍惜一个良善丑女，将她娶回家变作你的丑妻。日日相伴，如同珍惜你平凡的自己。

近地。我们都没有地了，可是我们有单位。我们的公司和机关，我们为之服务的那个小小的机构，就是我们的地了。你没有办法让你的庄稼长在你的身边，但你有办法住到你的土地旁边去。不要贪图浮华，不要在路上耗费太多的时间。如果在散淡的第一产业时代，牵牛的老农都会考虑到往返耕种的时间成本，你为什么要远离你的禾苗？绣花一样地耕耘你的土地，精心侍弄你的种子，日久天长，你就能比奔波的邻居晒更多的谷，收更多的棉花。

破棉袄。说到破棉袄的时候，他笑了。我也不怀好意地笑了。我看到他西服笔挺皮鞋锃亮。我说，你果真有破棉袄吗？拿出一件让我看看。

他说，我的破棉袄就是我的小心我的谨慎我的谦逊。

我说，这都是很好的品质啊，干吗把它们贬为破棉袄？

他说，我并没有贬斥它们，古话也说它们是宝。要把棉袄时刻带在身边，因为有一些风雨无法预料。即使是太阳当头，你要有乌云遮蔽的准备。即使是阳春三月，你要有冷风袭面的预防。即使是夏日里暑热难当，也要有最坏的打算，比如就曾因为窦娥喊冤下起六月雪……好品质，是可随身携带不离不弃的遮身蔽体的棉袄啊。

他还说，看得多了，熟能生巧，丑妻也不再丑了。那块地侍弄得久了，自己已从长工变成了东家。唯有破棉袄却不曾换成新的，因为贴身并且如影随形。

家庭暴力的"暴"字，不知古文字学怎样讲，我从字形上，总是联想到男人对女人的凶恶。上书一个"日"字，为阳中至盛。下面一个"水"字，属阴中至柔。男人若凌驾于女人之上，没有平等，没有仁爱，暴力就随之滋长，疯狂蔓延。

我认识一位贤惠的女人，只因一点小事，被丈夫打得鼻青脸肿。那汉子一米八的个头，会使漂亮的左勾拳，呼呼生风，蒜钵大的拳头打在女人侧腰部，伤了肾，血尿持续了很久。

她让我帮她拿个主意，我说离婚离婚！她说，孩子呢？我说看着父亲施暴，母亲受欺侮，孩子的心灵就正常吗？关于孩子问题我们反复商量，总算达成共识，完整并不是在一切情况下永远最好，真理比父亲更重要。

为了搞清楚离婚这件事，女人自学了法律专业的课程，由于是带着问题学，毕业的时候，不但成绩优异，在婚姻法方面，简直就是专家了。我再也没资格提什么建议或意见，女人已洞若观火。

艰难的问题是房子，远比孩子复杂得多。单位不会给女人栖身之所，只能从现有的单元中分割一屋。一想到要是离了婚，仍和那样的男人共居一方走廊，共进一间厨房，共使一个厕所，共用一把大门的钥匙……女人不寒而栗。

日子就这么一日日熬着，一月月拖着。我问，他还打你吗？女人长叹一口气说，你知道杀人的人，一看见别人露出的脖子，手就发痒。打人也像杀人一样，有个戒。开了戒，就上了瘾，他经常用左拳在空气中挥出一道道风……

我看着她，说不出话。许久，我说，我能帮你的，就是家门永远向你敞开。无论半夜还是黎明，你随时都可以进来。

她说，我最怕的不是跑出家门之后，而是在家门里面。打的时候，我恐惧极了。蜷成一团挨打，除了刚开始，感觉不到疼。只是想，我就要被打死，大脑很快就麻木了。只记得抱头，我不能被打傻，那样，谁给我的孩子做饭呢？

我说，你这时赶快说点顺从的话给他听，好汉不吃眼前亏。抓紧时间抽冷子往外跑，大声地喊"救命啊"！

她说，你没有挨过打，你不知道，那种形势下，无论女人说什么，男人都会越打越起劲，打人打疯了，根本不把女人当人。

凶残的家庭暴力！

我以为家庭暴力最卑劣最残酷的特征是——在家庭内部，赤裸裸地完全凭借体力上的优势，人性泯灭，野性膨胀。肆意倚强欺弱，野蛮血腥践踏他人权利。或者说，暴力的施行者，根本就没有进化到文明人类，是两脚之兽。

由于妇女和儿童在体力上的弱势，他们常常是家庭暴力最广泛最惨重的受害者。

朋友还在度日如年地过着，我不知道怎样帮她。一天，突然在报上看到一条招生广告，新开武术班，教授自由散打、擒拿格斗，还有拳理拳经十八般武艺……

我马上拿起了电话，既然没有房子离婚，既然没有庇护所栖身，既然生命被人威胁，既然权利横遭践踏，女人应该学会自卫，让我们去学女儿拳！当暴力降临的时候，为我们赢得宝贵的时间，以求正义和法律的保护。

春节最令人神往和思念的时刻，是年三十。一旦过了三十夜，春节就丧失了一半的诱惑，百分之七十的想象和几乎百分之百的魅力。

把20世纪比做一棵老树，年三十好似悬挂的叶子，只剩下孤本了。把百年来所有的年三十，标签般排列起来，大概可见几个变化。

年三十明亮了。回想20世纪初，除了少数显要都市的富贵人家，几乎所有家庭的年三十，是在昏暗的烛光下黯然度过的。如今我们有了各式各样美妙的灯火，通宵达旦。明亮携来了一个巨大的好处，就是有利于快乐和游戏。这一个特别的夜晚，因为有电影电视晚会和音乐的陪伴，就不再是"熬"，只是嫌短。

年三十温暖了。由于北半球的气候，我们民族这个最美妙的节日，偏偏赶在寒风呼啸的季节。我小时候，每当手指冻得掐不住鞭炮的时候，就想——为什么大伙不表决做一个决定，把春节改在五月份呢？那样手不会冻麻，"二踢脚"就会蹦得更高。也许是全球性的污染带来的温室效应，也许是人们吃得好热量充足，总之现在的年三十暖和了，只要不怕感冒，几乎可以穿着春装行走。只可惜我们的手指虽然灵动如蛇，但已不能再燃鞭炮。

年三十破了许多旧规矩，立了不少新章程。我们不再祭灶不再扫房，灶王爷统一住在煤气管道里，你祭它，它也搞不清门牌号码，不知到天上去说谁的好话。甚至连关东糖也不大有人吃了，因为不符合减肥的原则。年三十时，很多人走了，留一个空巢，到远方去过年。把家的疆域，整体地临时地扩展到陌生的地方。旅游使我们谦虚，在大自然里别有新奇的感受。

面对变化，不由得琢磨——"年三十"究竟是一种什么东西？

它是一个隆重节日的前奏，它是一条若有所思的尾巴。

不知道语言学家如何解释"节"，我想"节"也许是约定俗成的规矩。让人们在一个共同的时刻，进入某种共同的情绪，表达共同的神圣和尊重。比如国家的节日，提醒你记住是一个公民。比如性别和年龄的节日，让你珍视自己的特征和权利。有一些节日是狭窄的，只属于一部分人，比如儿童节。有一些节日是辽阔的，属于所有人，比如春节。

春节是纪念家庭的节日，所以天边的游子要在年三十，赶回母亲的身边。春节是维系感情的节日，所以杳无音讯的朋友，会在年三十突然呼唤。春节是检点丰收的节日，所以年三十的时候，人们会喜气洋洋。春节是播种希望的节日，所以年三十的时候，人们会祈求幸福。

过完了年三十，大年初一醒来，人会有一丝惆怅，一点失落，一股莫名其妙的哀伤，一份不知所措的紧张。

哦，这没什么。旧的叶子尽管美丽，总还是要凋零坠下。好在不论是年末还是世纪末，新的叶芽都已萌动。

拒绝的本质是一种丧失，它与赞同相比，更带有冷峻的付出与掷地有声的清脆，需要果决和一往无前的勇气。

你拒绝了金钱，就将毕生扼守清贫。

你拒绝了享乐，就将布衣素食天涯苦旅。

你拒绝了父母，就可能成为飘零的小舟，孤悬海外。

你拒绝了师长，就可能逐出师门、自生自灭。

你拒绝了一个强有力的男人相助，他可能反目为仇，在你的征程上布下道道藩篱。

你拒绝了一个神通广大的女人的青睐，她可能笑里藏刀，在你意想不到的瞬间刺得你遍体鳞伤。

你拒绝了上司，也许就拒绝了一个如花的前程。

你拒绝了机遇，它永不再来，也许留下终生的遗憾……

拒绝不像选择那样令人心情舒畅，它森严的外衣里裹着我们始料不及的风刀霜剑，而且像一种后劲很大的烈酒，在漫长的季节后还会使我们头晕目眩。

于是我们本能地惧怕拒绝。我们在无数应该说"不"的场合沉默，我们在理应拒绝的时刻延宕不决。我们推迟拒绝的那一刻，梦想拒绝的体积会随着时光的流逝逐渐缩小以至消失。

可惜这只是我们善良的愿望，真实的情境往往适得其反。

我们之所以拒绝，是因为我们不得不拒绝。

不拒绝，那本该被拒绝的事物，就像菜花状的癌肿，蓬蓬勃勃地生长着，发育着，侵袭我们的生命，一天比一天变得更难以救治。

拒绝是苦，然而那是一时之苦，阵痛之后便是安宁。不拒绝是忍，忍是有限度的，到了忍无可忍的那一刻，贻误的是时间，收获的是更大的麻烦与悲哀。

拒绝是对一个人胆魄和心智的考验。

当今时代，电脑一分钟可以复制无数的信息，且核对起来甚是简便。利用信息和情报造假越来越不易，于是"假"也在更新换代，涉及种种精神的产品。

最不易察觉的假冒伪劣是信任和爱情。它们均需要漫长岁月的培育和考验，毁灭却只是刹那间的事情。

也许当初彼此交往的时候，并不缺乏真诚。但友谊和爱情的产品，是要求终身保修的。不管何时损坏，都会被判为赝品，且无处更换。

有人炫耀自己的朋友如何多，我一般是不信的。好的朋友，也像好的货物，是有体积的。好的心灵，也像非露天仓库，无法无限扩大容积。

一个认真重情的人，心灵的空间更是有限，只能容纳几位知己。

拥有太多的友人，友谊的汁液不是溢出来，就是稀释。

友谊也像零存整取的银行。若你平时不补充情感进去，一旦需要朋友的支援渡过难关时，才发现存单上一片空白。

爱情是比死亡还要复杂的事情。因为在死亡中你只灭绝一次，而在爱情中你可能多次灭绝。

男女之间常常被自己所不具备的品质所吸引。

这就是为什么许多天真烂漫的女孩子会爱上魔鬼；许多忠诚的男子会喜欢水性杨花的女人。

一般来说，你真的爱一个人，就应该给他还报你恩情的时间和机会。

这不是我们索要报答，而是为了让他的心灵安宁。如果你只是一味地给予，就把对方一直置于被施舍的地步，这实际上是一种不敬。

人生得一知己足矣的话，当是不发达社会的写照。

如今的社会是——

人生得几知己还不足。

或是——

人生无一知己也足矣。

知己者无非是心的沟通，事的相助。于是人们有红粉知己、忘年知己、事业知己……知己已泛化，不像以往那样罕见了。

另外，知己又更加难觅。信息社会，大家都加快了变化的节奏。彼此要变得同步，变得共振，变得像没变一样，实在是太不容易。

我不赞成为了朋友两肋插刀。如果一定要插，至多插一肋。因为肋骨的后面是心脏，若都插上刀，心就会被洞穿，便丧失了思考的能力。

没有思考的友谊很可能陷入盲目。

心理医生也是和病人谈心聊天，只不过更专业更精彩一些。女性应该多有几个朋友，至少也要有一个你可以面对她哭泣的女人。我指的不是那种萍水相逢或是生意场上权力上因为利害关系结成的伙伴，而是交往多年知根知底善解人意的朋友。

你说起了一片叶子，她就知道风从哪里来。哪怕你婚后爱上了另一个男人，你也用不着分辩自己不是一个坏女人，要商讨的只是应该怎样办……她真诚而善良，绝不会把你的故事流传。精心的信任和感情，就是不花钱的心理医生。友谊是一种像水一般互相流动的物质，这一次你给予了我，下一次我给予你。

友情不是血吸虫病，不能凭借口口相传的钉螺感染他人。"兵无常势，水无常形。"变是常法，要求友谊在传递的过程中，像复印一般的不走样，原是我们一厢情愿的幼稚。

友谊是一种易变的东西，假如它不是变得更好，就是不可抑制地变坏，甚至极快地消亡。有时，在很长一段岁月里，友谊似乎是一成不变的，保持很稳定的状态。这是友谊正在承受时间的考验。

图书在版编目 (CIP) 数据

没有一棵小草自惭形秽 / 毕淑敏著. —— 北京：北京十月文艺出版社，2021.10
（毕淑敏散文集）
ISBN 978-7-5302-2133-4

Ⅰ. ①没… Ⅱ. ①毕… Ⅲ. ①散文集—中国—当代 Ⅳ. ①I267

中国版本图书馆 CIP 数据核字 (2021) 第 046596 号

没有一棵小草自惭形秽
（毕淑敏散文集）
MEIYOU YIKE XIAOCAO ZICANXINGHUI
毕淑敏　著

出　　版　北 京 出 版 集 团
　　　　　北京十月文艺出版社
地　　址　北京北三环中路 6 号
邮　　编　100120
网　　址　www.bph.com.cn
发　　行　新经典发行有限公司
　　　　　电话（010）68423599
经　　销　新华书店
印　　刷　北京盛通印刷股份有限公司
版　　次　2021 年 10 月第 1 版
　　　　　2021 年 10 月第 1 次印刷
开　　本　880 毫米 ×1230 毫米　1/32
印　　张　7
字　　数　136 千字
书　　号　ISBN 978-7-5302-2133-4
定　　价　38.00 元
质量监督电话　010-58572393
如有印装质量问题，由本社负责调换。